Konsul Landstreicher

Vielleicht grün

Die Deutsche Nationalbibliothek verzeichnet diese Publikation in der Deutschen Nationalbibliografie; detaillierte bibliografische Daten sind im Internet über http://dnb.dnb.de abrufbar.

© 2022 Konsul Landstreicher

Herstellung und Verlag: BoD – Books on Demand, Norderstedt

ISBN: 978-3-7568-0783-3

1

Okay, also los. Ich habe mir vorgenommen aufzuschreiben, was mir in den letzten Monaten passiert
ist, um es zum einen besser zu verstehen und um
dann zu entscheiden, wie ich jetzt weiterleben will.
Mein Schreibstil wird klar und schnörkellos sein, damit ich hoffentlich auch im Kopf klarer werde. Die
Idee für dieses Projekt schwebt mir schon länger im
Kopf herum. Es tut gut, jetzt mal wirklich anzufangen. Doch wo setze ich am besten an?
Wahrscheinlich mit der Frage, warum ich überhaupt
hierhergezogen bin, in diese Stadt voller Verrückter.
Übrigens sind vielleicht nicht alle verrückt, sondern
nur die um mich herum. Und auch die sind eher
„ver"-rückt" von der Norm als „verrückt" wie geis-
tesgestört (und das finde ich ja eigentlich sehr sympathisch).
Der Grund oder die Gründe, denn nichts hat nur einen Grund, oder besser: alles hat einen Komplex aus
Gründen, sind natürlich in meiner Vergangenheit zu
suchen. Ich sollte also kurz etwas zu meiner

Vorgeschichte erzählen, bevor ich mich meinem letzten Lebensabschnitt widme.

Aufgewachsen bin ich in einer Kleinstadt – kaum größer als ein Dorf – namens Bad Nüssen. Ich hatte eine eher ruhige und glückliche Kindheit. Meine Eltern lebten zusammen und ich hatte eigentlich immer Freunde. Selbstverständlich war nicht alles immer toll, mein Vater schien mir oft zu streng und ich stritt mich mit meinen Freunden oder Eltern. Heute sehe ich diese Dinge nicht mehr so dramatisch, aber damals bedeutete jeder Streit und jede empfundene Ungerechtigkeit für mich die Welt. Glücklich war meine Kindheit also mehr im Vergleich zu den Kindheiten anderer, welche getrennte Eltern hatten, arm waren oder ständig gemobbt wurden.

Mein größtes Leid war, dass es so ruhig in meiner Kleinstadt war und es so wenig unterschiedliche Menschen gab. Die lokale Kultur wurde beherrscht von Fußball und Kneipen. Daher verließ ich nach der Schule den Ort meiner Kindheit und zog – ganz pragmatisch – nach Dernfeld, die nächstgrößere Stadt, und fing dort an zu studieren. Ich wollte wohl nicht zu weit von meinen Eltern entfernt wohnen, um sie schnell besuchen zu können, was ich allerdings in den ersten paar Monaten kaum tat.

Meine Fächer waren Soziologie und Philosophie, doch beides packte mich nicht so richtig. Ich fand die meisten Themen irgendwie interessant, von Tierethik bis zur Kritischen Theorie, aber keines schaffte es, meine Leidenschaft zu wecken. Dadurch einigermaßen enttäuscht – ich bin mir nicht sicher, was ich mir erhofft hatte – hörte ich nach 3 Semestern wieder auf zu studieren. Das ist jetzt ein Jahr her.

Mit der Zeit drehten mir meine Eltern den Geldhahn zu und so fing ich an, erst als Küchenhilfe und dann als Kellner zu arbeiten. Aber ich merkte schnell, dass ich das nicht lange machen wollte. Es erfüllte mich nicht und wenn ich spät abends nach Hause kam, konnte ich höchstens Serien gucken und kiffen. Zu lesen oder mich irgendeiner anderen anspruchsvollen, geistigen oder gar kreativen Tätigkeit zu widmen, schaffte ich nur sehr selten. Es schien mir, als wäre mein Studium zu intellektuell und das Jobben zu anspruchslos, vielleicht auch zu praxisorientiert für mich.

Hinzu kam, dass ich unzufrieden mit mir war, weil ich eigentlich weniger kiffen wollte, da es mir Geld und Konzentration raubte. Doch das bekam ich glücklicherweise schließlich in den Griff und mittlerweile kiffe ich so gut wie gar nicht mehr. Gleichzeitig hörte ich auf, im Restaurant zu arbeiten. Ich lebte jetzt von meinem Rest Gespartem und von nicht versteuerten Gelegenheitsjobs, vor allem Garten- und Umzugsarbeiten. Meine restliche Zeit verbrachte ich hauptsächlich mit Lesen, im Internet und mit langen Spaziergängen.

Ich wusste jetzt immer noch nicht, was ich machen wollte mit meinem Leben, aber konnte immerhin ein paar Sachen ausschließen. Oberflächlich betrachtet war ich damals in einer ähnlichen Situation wie jetzt, nur dass ich damals viel über meine Zukunft nachgrübelte und das jetzt durch das Schreiben hoffentlich systematischer angehe und mich gedanklich nicht so viel im Kreis drehe. Außerdem war ich damals eher unfreiwillig und bin jetzt freiwillig allein.

Ich hatte zwar zwei Mitbewohner, doch einer war ständig bei seiner Freundin und der andere machte eine Ausbildung und war dementsprechend nur selten da.

An einem Tag im letzten Februar, als ich nach längerem Spaziergang, welcher mich zwar erfrischte, mir aber keinen neuen Gedanken, keine neue Perspektive auf mein Problem brachte, sah ich, dass Jan, mein ehemaliger Schulfreund, mir geschrieben hatte. Dieser war erst im vorletzten Schuljahr auf meine Schule gewechselt, doch wir hatten uns schnell gut verstanden. Er war ein offener Typ, der viel redete und ich ein netter, der gern zuhörte. Sein Vater ließ seine Mutter sitzen, kurz bevor Jan in die Schule kam, und setzte sich nach Kanada ab. Er erzählte mir, dass seine Mutter danach immer wieder kurze Affären hatte, welche sie versuchte, als Vaterfigur einzuspannen, da es ihr selbst an Durchsetzungsfähigkeit mangelte. Er betonte öfters, wie es ihn „nen Feuchten interessiere, was diese Penner von ihm wollen". Jedenfalls musste er die Schule wechseln, weil er mehreren Lehrern nicht nur ständig widersprach, sondern auch behauptete, sie wären völlige Idioten und hätten keine Ahnung von ihren Fächern. Er selbst las ziemlich viel und hatte sich schon früh ein breites Wissensspektrum verschafft. Außerdem, ich muss es zugeben, war er ein Stück weit begabter als ich, konnte sich Dinge schneller aneignen und besser einordnen, wahrscheinlich auch weil er sich nicht von Autoritäten blenden ließ und es trainierte, eigenständig zu denken. Mit ihm hatte ich auch meine ersten richtigen Diskussionen über politische und philosophische Fragen und er hat auf jeden Fall meine Begeisterung für solche Themen, wenn nicht geweckt, dann doch zumindest immens verstärkt.

Studieren wollte er aber – das wusste er im Gegensatz zu mir sehr genau – Musik, und zwar an einer Uni in Megas, da diese das beste Angebot für ihn hatte. Dafür brauchte er natürlich Abitur und konnte es sich daher nicht mit allen Lehrern verscherzen, aber immerhin gab es keinen NC. Sein erstes Instrument war Geige, seit ein paar Jahren spielte er aber auch leidenschaftlich Bassklarinette.

Jetzt schrieb er mir, ob ich nicht zu ihm in die WG nach Megas ziehen wollte, wo ein Zimmer frei wurde. Später erfuhr ich jedoch, dass besagtes Zimmer schon seit längerem leer stand.

Ich brauchte zwar ein paar Tage, um mich endgültig festzulegen, war aber sehr froh über diese neue Möglichkeit, welche einen Perspektivwechsel versprach und mir vor allem die ungleich schwerere Entscheidung abnahm, was ich längerfristig machen wollte.

Ich denke solche Lebensentscheidungen kann man gar nicht treffen, wenn man nicht schon viel ausprobiert hat. Insofern war es wohl doch keine so schlechte Entscheidung hierhinzuziehen. Man kann zudem Entscheidungen nicht nur am Ergebnis messen, dafür spielt der Zufall eine zu große Rolle.

Allmählich fing ich an, mich auf die neue Umgebung zu freuen. Es wohnt wohl nicht nur jedem Anfang ein Zauber inne, sondern auch einigen Enden. Man könnte auch behaupten, das wäre schon die Freude des Beginnens, aber für mich war die Vorfreude grundlegend anders als das Gefühl in meinem neuen Umfeld. Ich wünschte ich könnte meine gegenwärtige Lage, als Anfang sehen, aber ich sehe nur das Ende von etwas. Doch der Reihe nach.

Ich schmiedete Pläne, was ich alles machen könnte in Megas: Feiern auf Partys, die genau meinem Geschmack entsprachen, Hockey ausprobieren, Ultimate Frisbee ausprobieren, ich könnte mich auch wieder an einer Uni einschreiben, vielleicht diesmal mit einem Angebot, das mir wirklich gefiel; es gab bestimmt viel mehr verschiedene und interessantere Frauen…

Am meisten jedoch stellte ich mir Diskussionen mit Jan vor. Diskussionen, in denen ich kleine schlaue Ideen einbrachte. Jan hatte in unseren zwei gemeinsamen Jahren einen sehr starken Eindruck auf mich gemacht. So stark, dass das Bild, welches ich von ihm hatte, in mein Bewusstsein getreten ist als eine Art Beobachter, der immer wieder vor meinem geistigen Auge auftauchte. Vor dieser Instanz musste ich mich rechtfertigen und durch sie bekam ich gute Laune, wenn ich wusste, was ich gerade tat, würde ihm gefallen. Sogar wenn ich nur daran dachte, was ich meinem Chef Schlagfertiges ins Gesicht schleudern konnte, gab es mir einen kleinen Schub, wenn ich wusste, er würde es lustig finden.

Eineinhalb Monate später zog ich also in diese Stadt. Inzwischen wohne ich weniger zentral, damit ich mir eine kleine Wohnung allein leisten kann. Hier sitze ich jetzt und schreibe. In einer Ecke liegt meine Matratze, gegenüber steht der Schreibtisch. Und dem einzigen Fenster gegenüber, steht ein kleines Sofa, welches allerdings zu kurz für mich ist, wenn ich meine Füße ausstrecken will. Sonst habe ich hier nur meinen Laptop und ein paar Bücher und Notizen.

Mein Zimmer ist so karg eingerichtet, weil ich nicht viel mitnahm in die WG, da der Vormieter mir einiges dalieβ, ich aber wiederum bei meinem Auszug aus der WG fast nichts in die neue Wohnung mitnehmen wollte.

Hier wohne ich mittlerweile schon ein paar Wochen – seit ich es nicht mehr ausgehalten hab mit den anderen. Ich musste allein sein. Es war so viel passiert, was ich nicht oder nur schlecht verarbeiten oder einordnen konnte, sodass ich Angst hatte, mir selbst verloren zu gehen. Also meine Weltsicht zu verlieren, meine Perspektive, meine Ordnung. Wobei diese wohl ständig gestört wird und sich verändern muss, aber jetzt fällt mir diese Veränderung unglaublich schwer, weil die Störung so grundlegend ist. Und dadurch, dass mir diese Ordnung fehlt, weiß ich nicht, was ich will.

Das heißt, ich will erstmal verstehen und dabei hilft es mir, wenn ich nicht zu viele ablenkende Eindrücke in meinem Zimmer habe.

Nichtsdestotrotz ist diese Umgebung, in der ich schreibe, nicht neutral und sie wird sich auf meine Erinnerungen und Überlegungen auswirken. Würde ich am Meer unter freiem Himmel sitzen, würde ich vielleicht ein langes Gedicht schreiben, so schreibe ich Prosa.

Nebenbei bemerkt, weiß ich nicht so recht, wen ich in diesem Text ansprechen soll. Veröffentlicht wird er ja höchstwahrscheinlich nicht, doch es hilft mir, anzunehmen, ich schriebe für einen (meine Eitelkeit stellt sich vor für viele) Leser. Vielleicht kann diese potenzielle Leserschaft es mir verzeihen, wenn es bestenfalls sekundär darum geht, ihr etwas zu erzählen. Ich werde mich aber bemühen, nichts Relevantes wegzulassen, um schon für mich einen guten Überblick zu schaffen.

2

Aber ich habe das Gefühl, mich in Nebensächlichkeiten zu verlieren, während ich eigentlich erstmal schreiben sollte, was überhaupt geschehen ist. Mein Unbewusstes will scheinbar gewisse Gefühle und Szenen für sich behalten.

Nach 6-stündiger Busfahrt erreichte ich also Jans Wohnung. An Gepäck hatte ich bloß einen großen Reiserucksack und zwei große Stoffbeutel, den Rest meiner Sachen, die ich behielt, lagerte ich bei meinen Eltern ein.

Das erste, was mir schon durch die Busfenster auffiel, waren die großen, vielspurigen Straßen und die hohen Häuserreihen daneben. Klar, es war dunkel, als ich ankam, aber ich war trotzdem etwas enttäuscht. Ich hatte mir die Stadt scheinender, lebendiger und irgendwie einheitlicher vorgestellt. Wahrscheinlich sieht man in seinen Fantasien immer nur wenige Seiten, welche für einen dann zur Essenz des Vorgestellten werden, auch wenn vielleicht gerade diese Seiten am wenigsten in der wirklichen Welt vorhanden sind.

Als ich losgefahren bin, war ich noch ziemlich aufgeregt, doch durch das lange Sitzen und Warten war ich erschöpft geworden. Nachdem ich meine Sachen in die S-Bahn und von der Haltestelle aus zur Wohnung geschleppt hatte, war es 10 Uhr abends und ich hätte mich am liebsten gleich hingelegt.

Auf dem Weg nach oben, die Haustür war nur angelehnt, hörte ich dumpf Musik und Leute, die hitzig diskutierten. Erst stieg mir der Geruch einer dicken Sauce mit Masala in die Nase, bevor er von Zigarettenrauch abgelöst wurde, welcher offenbar aus einer der Wohnungen kam. Das Treppenhaus war karg, ohne Pflanzen oder Dekorationen, nur Steinstufen und ein metallenes Geländer. Als ich ganz oben, im 5. Stock ankam, merkte ich zu meinem Missfallen, dass die lauten Stimmen und die Musik aus meiner neuen Wohnung kamen. Doch ich war zu müde, um mich wirklich darüber zu ärgern.

Ich klingelte, hörte Schritte und es wurde geöffnet. Als die Öffnerin mich lächelnd begrüßte, erkannte ich in ihr eine meiner neuen Mitbewohnerinnen. Ich hatte einen Teil der WG per Videochat kennengelernt. Mia war damals allerdings sehr erschöpft und wortkarg gewesen. Jetzt wirkte sie hingegen leicht aufgedreht, wahrscheinlich vom Alkohol und der Diskussion, welche ich im Hintergrund hörte. Trotz meiner Müdigkeit weckte sie sofort meine Sympathie. Sie schien etwas zu haben, dass mir fehlte. Etwas, was ich erst in den letzten Wochen der Vorfreude zum Teil wiedererlangt hatte – eine Art Leidenschaft für das Leben.

Obwohl ich wusste, dass die Party sie so erregt haben musste, brachte ich die Gespanntheit in ihrem Blick mit mir in Verbindung. Gleichzeitig hatte ich Bedenken, aufgrund meiner Müdigkeit etwas Peinliches zu sagen. Aber sie nahm die Konversation in die Hand, meinte ich solle erstmal meine Sachen ablegen, wobei sie auf mein Zimmer wies, und dann zu den anderen kommen. Als ich nach dem Gesichtwaschen auf den Flur trat, kam mir Jan entgegen. Er hatte jetzt Bartstoppeln und den Ansatz eines Schnäuzers, sein dunkles Haar war kurz geschnitten.

Sein Blick war wach und ich hatte das Gefühl ein Mischwesen aus Adler und Kaninchen würde mich anschauen. Härte gepaart mit Verletzlichkeit – oder war es vielleicht Leid?

Jetzt schien er jedenfalls aufrichtig erfreut, mich zu sehen, und umarmte mich, sodass ich spürte, wie sein Kopf Wärme ausstrahlte.

„Da bist du ja! Wir reden gerade über die Effektivität von politischen, also ganz allgemein von der Auswirkung von Verhaltensweisen auf die Politik und Heinzberg, dieser Idiot, meint, dass alle Probleme gelöst werden könnten, solange nur jeder darauf achtet, dass es ihm und seinen Liebsten gut geht."

Heinzberg hatte das gehört, da wir vor der offenen Wohnzimmertür standen und wollte das so nicht stehenlassen:

„Was redest du da?! Ich sage doch nur, wenn sich alle um ihre Nachbarn oder ihre Straße kümmern würden, dann ..."

„Das ist aber etwas anderes! Hehe! Das ist etwas anderes!", rief ein kleiner Mann mit Vollbart vergnügt dazwischen.

So ungefähr lief die Diskussion ab. In dem eher kleinen Wohnzimmer standen und saßen, auf abgesessene Sofas verteilt, 10 oder 12 junge Männer und Frauen. Bis auf eine vielleicht 40-jährige waren alle etwa Mitte 20. Zwischen ihnen standen zwei kleine Tische, vollgestellt mit Getränken, Aschenbechern und halbleeren Snacktüten. Die hier und da glühenden Joints und Zigaretten sorgten dafür, dass es trotz weit geöffnetem Fenster stickig blieb.

Nicht alle beteiligten sich an der lauten Diskussion, manche redeten auch gedämpft über etwas anderes.

Jan reichte mir ein Weizen und verwies mich auf Joshua, meinen zweiten Mitbewohner – meine zweite Mitbewohnerin fehlte wie schon beim Videochat. Anschließend schaltete sich Jan wieder in die Diskussion ein:

„Die Leute müssen erstmal lernen, sich selbst zu beschäftigen und mit sich klarzukommen, bevor du sie auf andere loslassen kannst. Jeder hat doch seine eigenen Konflikte und wenn er die nicht geregelt bekommt oder sie sich nicht wenigstens bewusst macht, trägt er sie halt nach außen."

Mia, die auf einem Barhocker saß, mit einem Pokal-Glas in der Hand, erwiderte sofort:

„Das ist mal wieder deine typische Ich-Bezogenheit. Nicht alle können für sich selbst sorgen, manche sind angewiesen auf die Hilfe anderer." Sie machte nur eine winzige Redepause, doch sofort versuchte jemand anders, etwas zu sagen. Anscheinend konnte man hier nur ausreden, wenn man nicht mal ne halbe Sekunde Pause machte. Doch Mia ließ sich nicht beirren und fuhr fort, den Zwischenredner übertönend: „Und natürlich kann niemand *ganz* für sich allein sorgen und jeder ist auf andere Menschen angewiesen."

Es ist ein bisschen traurig, aber das war das erste Mal, dass in meiner Anwesenheit jemand so vernünftig Jan widersprochen hatte. Ich selbst war früher häufig – und bin es immer noch manchmal – zu harmoniebedürftig, um Leuten zu widersprechen. Umso mehr hat Mia mich an dem Abend beeindruckt, was ich allerdings erst später realisierte, als dieser Wortwechsel mir noch oft durch den Kopf ging. Jetzt finde ich es gar nicht mehr so besonders, aber es hat mich damals nun mal sehr überrascht.

Der Mann, der davor dazwischenreden wollte, sagte jetzt grinsend: „Lasst uns doch jetzt darauf zurückkommen, wie man am effektivsten auf die Politik Einfluss nehmen kann."

Aber Jan meinte, er wolle noch kurz Mia antworten und von da an entwickelten sich zwei getrennte laute Diskussionen, sodass ich keiner mehr richtig folgen konnte. Ich fragte Joshua, ob das hier immer so zuginge, und er meinte „höchstens einmal pro Woche". Nachdem ich mich noch kurz und ohne wirklich Aufmerksamkeit aufbringen zu können, mit ihm unterhalten hatte und mein Bier leer war, ging ich ins Bett. Mein Bewusstsein war voller widersprüchlicher Vorahnungen und aufkeimender Emotionen.

Am nächsten Tag schlief ich lange. Als ich aufstand durchzog mich eine Welle freudiger Erregung, die eine frohe Erwartungshaltung in mir hinterließ. Jetzt würde der Zauber des Anfangs einsetzen.

Bei meinem Erkundungsgang durch die Wohnung erfuhr ich vor allem, dass die anderen ihre

Zimmertüren geschlossen hatten, also suchte ich mir im Internet den nächsten Supermarkt heraus und ging einkaufen.

Draußen schien die Sonne. Die hohen, alten Häuserwände, die kaum befahrene, aber dafür vollgeparkte Straße und die so verschiedenen Passanten, denen ich begegnete – alles schien durch etwas vereint. Durch eine Art schwer zu fassendes Wissen, welches für sie selbstverständlich, für mich aber ein spannendes Geheimnis war.

Nach ein paar Wochen versuchte ich nicht mehr dahinterzukommen, bis ich es irgendwann vergaß. Vielleicht löst sich so das Geheimnis ja für alle Dazugezogenen. Wahrscheinlich lösen sich so überhaut sehr viele Probleme.

Ich kaufte Brot, Frischkäse, Gurke, Butter und noch ein paar Sachen zum Kochen. Für zwei, höchstens für drei Monate reichte mein Geld, solange ich nichts Überflüssiges kaufte. Früher oder später musste ich mir also einen Job suchen. Je eher desto besser, dachte ich, damit ich im Sommer nicht so viel würde arbeiten müssen.

Zurück in der Wohnung ging ich an Jans offenstehendem, aber leerem Zimmer vorbei in die Küche. Dort saß Mia und aß Brot mit Hummus. Ihr schulterlanges braunes Haar war jetzt hinten zusammengebunden, vorne gefiel mir ihr grade geschnittener Pony. Sie war auf eine Art schön, die schwer zu beschreiben ist. Sie hatte auf jeden Fall etwas Eigenes und wirkte irgendwie ganz. Ein Eindruck, der durch ihr selbstbewusstes Auftreten noch verstärkt wurde. Wann habe ich mich in sie verliebt? Schon als sie mir die Tür öffnete? Als sie Jan die Stirn bot? Oder jetzt, wo sie so vertraut in der Küche saß, als würden wir uns schon lange kennen. Ich glaube mein Verlieben war ein Prozess, an dem viele Punkte wichtig waren, die ich aber nicht alle reflektieren kann. Und das ist gut so, denn wenn nichts unbewusst bleibt, bleibt wohl auch nichts von der Magie.

Sie erzählte mir, dass Jan gerade bei der Orchesterprobe ist wie eigentlich jeden Samstagvormittag. Er spielte dort die zweite Geige. Dann fing sie an mich auszufragen:

„Woher kennst du Jan nochmal?"

„Aus der Schule."

„Ah ja und war er da auch schon so…" Sie machte eine Pause. „Er selbst?", fügte sie hinzu.

Ich schmunzelte. „Ich denke ja. Er wusste zumindest immer, was er wollte."

„Naja, ob er das wirklich weiß?", murmelte sie rätselhaft.

„Und was hast du jetzt vor im großen Megas?"

„Wieso? Was machst du denn hier?", fragte ich etwas gereizt zurück. Ich hatte keine Lust, darüber zu reden, weil ich nichts Großes vorhatte, weil ich kein Ziel hatte, das ich leidenschaftlich verfolgte.

„Ich arbeite im Frauenhaus. Das heißt, eigentlich studiere ich Politikwissenschaften, aber das ist schon länger auf Eis gelegt, weil im Frauenhaus so viel zu tun ist."

Sie schien sich nicht durch meine schroffe Gegenfrage beleidigt zu fühlen und ich erzählte ihr, dass ich mir wohl auch eine Arbeit suchen würde oder eventuell auch mein Studium wieder aufnehmen könnte.

„Ich hab mal hier in der Nähe, als Aushilfe in nem Altenheim gearbeitet. War eigentlich nen entspannter Job. Teilzeit, das heißt du würdest von vormittags bis nachmittags arbeiten. Aber die meisten bleiben da trotzdem nicht lange, das sind hauptsächlich Studis, die übergangsweise was suchen."

„Hm, ich hab noch nie in der Pflege gearbeitet. Was sind denn da so die Aufgaben?"

„Ach, du wirst dich schon nicht schmutzig machen. Nur ein bisschen mit den Alten reden und mittags kochen."

Der Job schien eigentlich perfekt, aber etwas störte mich. Ich wäre gerne derjenige gewesen, der *ihr* geholfen hätte. Daher entgegnete ich nur wenig enthusiastisch:

„Ja, vielleicht guck ich's mir mal an – Danke."

Jetzt fällt mir auf, dass ich da wirklich kleinmütig war. Wir sind doch keine Rivalen. Ich dachte wohl unbewusst, sie wäre ne Nummer zu groß für mich, so selbstbewusst und selbstbestimmt, wie sie wirkte, und wollte sie daher nicht noch anfeuern. Ich hätte mich nicht mit ihr vergleichen sollen oder ihr zumindest die scheinbar bessere Position gönnen sollen. Hätte ich mich für sie gefreut, dass sie ihr Leben im Griff hat, anstatt eifersüchtig zu sein, hätte ich mich auch mehr über ihren guten Tipp freuen können. Dann hätte ich mich richtig bedankt und wir wären beide fröhlicher, gestärkter aus der Unterhaltung herausgegangen. Natürlich war das jetzt keine große Sache, aber ich glaube, so etwas kommt oft vor, jedenfalls bei mir und ich will das ändern.

Aber was muss ich dafür machen? Ich denke anderen mehr gönnen und wenn ich neidisch bin, es auch ruhig mal aussprechen, damit es weniger die Beziehung stört und ich es nicht verdränge. Wahrscheinlich würde es auch helfen, wenn ich mich mehr so akzeptieren würde, "wie ich bin", aber das birgt auch die Gefahr, dass ich irgendwann gar nicht mehr an mir arbeite – was allerdings nicht unbedingt schlecht sein muss. Es muss also situativ entschieden werden und sollte nicht in ein Extrem abrutschen. Außer vielleicht das Extrem besteht in spiritueller Vervollkommnung. Ich muss da noch mal drüber nachdenken, jetzt erstmal wieder zurück ins Geschehen.

Da Mia gleich zum Dienst musste, und ich sonst nichts zu tun hatte, ging ich nochmal raus und machte einen Spaziergang. Als ich zurückkam, war Jan wieder da.

„Na, kommst du zurecht?", fragte er. „Luise ist immer noch unterwegs, sonst könntest du sie auch kennenlernen. Aber sie ist auch fast nie da, immer arbeiten oder sonst wo, und die anderen beiden hast du ja schon getroffen. Was macht die Kunst?"

Den letzten Satz sprach er enthusiastischer, wohl in der Hoffnung, jetzt dem ihm verhassten Smalltalk zu entfliehen.

„Och, nicht viel", antwortete ich. „Gab es noch interessante Erkenntnisse gestern Abend? Ich musste echt pennen."

„Ach was!" Er lachte auf. „Diese Gespräche bringen doch nie was – außer Spaß. Obwohl manchmal nimmt man Gegenpositionen ein, nur weil der Andere so dumm argumentiert, und kommt so auf neue Gedanken. Was meinst du, kann man mit Literatur Leute wirklich verändern?"

„Äh, ich weiß nicht. Ich glaube die Meisten lesen doch nur, um sich zu betäuben oder abzulenken – zur Unterhaltung eben."

„Ja, aber viele werden trotzdem stark beeinflusst. Nach Goethes Werther haben sich die Leute reihenweise umgebracht und nach der Ausstrahlung von Breaking Bad gab es eine Menge Drogendealer, die versucht haben, Heisenberg nachzuahmen. Die Menschen sind so unkreativ und unselbstständig, dass sie Verhalten kopieren müssen. Dieser Copycat-Effekt zeigt doch, dass Bücher, Filme, was auch immer, dass Vorbilder Nachahmer finden."

„Aber gibt es diese Vorbildfunktion nicht auch im richtigen Leben?", wandte ich ein. „Zum Beispiel wenn wir kein Fleisch essen und Leute um uns herum dann auch damit aufhören?"

Er nickte. „Ja, das ist wahrscheinlich der gleiche Effekt, aber ein Buch oder eine Serie kann einen enormen Einfluss auf jemanden haben, weil der Konsument viel Zeit damit verbringt, es zu lesen. Der Autor bestimmt die Sprache und übt dadurch Macht auf den Leser aus. Übrigens passiert das wohl oft unabsichtlich." Er machte eine Pause.

„Jaaa…" Ich zögerte. „Aber wie stark ist der Einfluss wirklich? Bei den meisten Filmen oder Büchern machen doch die Konsumenten nichts nach." Ich stutzte.

Er lächelte. „Ja, wie will man das messen, aber du hast zumindest schon dasselbe Wort wie ich gebraucht: *Konsumenten*. Dabei nennt man sie doch meistens eher *Rezipienten* oder *Leser*, zumindest im vorherrschenden Diskurs."

Ich lächelte höflich. Kurz darauf beendete ich das Gespräch mit irgendeinem Totschlagargument und verschwand unter dem Vorwand, noch Jobangebote raussuchen zu müssen, in meinem Zimmer. Das gefiel mir nicht. Ich konnte wirklich wenig zum Gespräch beitragen. In der Schule war es genauso gewesen: er hatte immer Interessantes zu erzählen und ich blickte zu ihm auf. Aber jetzt…ich fühlte mich behandelt wie ein Lehrling.

In den letzten Jahren hatte ich mir selbst viele Gedanken gemacht, aber anscheinend war ich noch nicht mit ihm auf Augenhöhe. Jetzt galt es nicht wieder in das alte Beziehungsmuster reinzufallen – doch eben das fiel mir schwer. Während der Schulzeit hinterfragte ich ihn nur selten. Ich diskutierte zwar mit ihm, war aber immer leicht zu überzeugen, weil er scheinbar so viel wusste und außerdem so charismatisch war. Doch dadurch fand ich mich schnell in einer untergeordneten Position wieder, welche nicht bloß meinen Fähigkeiten nicht entsprach, sondern mich auch hinderte, diese auszubauen. Da er, wenn wir unterwegs waren, normalerweise die Entscheidungen traf und aufkommende Probleme in Angriff nahm, strengte sich mein Gehirn weniger an, das heißt es trainierte auch weniger.

Stattdessen träumte ich mehr und hing oft vergangenen Situationen nach. Manchmal kreisten meine Gedanken abends, um einen Satz von ihm, den ich wissend lächelnd zu verstehen vorgegeben hatte.

Die Sorge vor der Entlarvung meiner Unwissenheit führte also dazu, dass ich nicht viel dazulernte. Eben weil ich mich oft nicht traute nachzufragen, geschweige denn unfertige Gedanken auszusprechen.

Er lachte zwar nicht gerade über mich, wenn ich etwas nicht verstand, bewies mir aber häufig durch einen Blick oder einen ironischen Kommentar seine grenzenlose Überlegenheit.

Inzwischen ist mir klar, dass wir uns oft in Menschen spiegeln. So war ich zwar hin und wieder seinen Sticheleien ausgesetzt, fühlte mich aber mindestens genauso oft den "Dummen" überlegen, von denen er nicht müde wurde, sich abzugrenzen. Als ich dann anfing zu studieren, fühlte ich mich ziemlich besonders, nicht nur weil ich so einen intelligenten Menschen kannte, sondern auch, weil ich der Illusion erlag, wir wären gleich. Ein Eindruck, der sich verstärkte, da ich es mir zur Gewohnheit gemacht hatte, seine Ansichten zu übernehmen. Doch es macht einen riesigen Unterschied, wie man zu seinen Ansichten gelangt: durch einfaches Nachahmen oder durch eigenes Nachdenken und sich Beschäftigen mit einem Thema. Selbstverständlich gibt es auch Mischformen, aber meine Erkenntnisgewinnung funktionierte hauptsächlich durch einfaches Übernehmen von Ansichten. Übrigens ist das wohl der Normalfall in unserer Gesellschaft – aber welcher erwachsene Mensch will schon normal sein, das ist doch eher was für die Schulzeit.

Man kann natürlich nicht alles kritisch hinterfragen oder sich selbst erarbeiten. Das bringt mich auf meine damalige Idee. Das heißt eigentliche eine fremde Idee, die ich als Leitsatz verinnerlicht hatte – Jahrtausende alt, aber immer noch aktuell. Diese besagt, dass die goldene Mitte der richtige Weg ist. Also nicht alles sich selbst herleiten, aber auch nicht alles unhinterfragt glauben. Oder ein Beispiel frei nach Aristoteles: Zu viel Mut ist Übermut, zu wenig Mut ist Feigheit.

Anders als Aristoteles glaube ich aber nicht, dass es ein fixes Maß gibt, welches für alle gilt. Menschen sind verschieden, was für den einen zu viel kritisches Hinterfragen sein kann, ist für den anderen noch nicht genug. Schließlich haben wir verschiedene gesellschaftliche Positionen. Eine Journalistin sollte vielleicht eher mehr hinterfragen als ein Gärtner. Aber vor allem orientiert sich das Maß an der Gewohnheit. Wenn ich 5mal die Woche Sport mache, sollte ich nicht plötzlich gar keinen Sport mehr machen und andersrum. Es geht also darum, *persönliche* Extreme zu vermeiden.

Ob diese Idee, an die ich nicht mehr ganz glauben kann, sich eignet, um die inneren Widersprüche und die Zerrissenheit in mir aufzulösen, wird sich hoffentlich im Laufe dieser Schreibtherapie zeigen.

Das war jedenfalls der Ausganspunkt, von welchem aus ich die Beziehung zu Jan wieder aufnahm. Einerseits die Vorfreude auf die Inspiration und die intellektuellen Gespräche. Andererseits die Furcht davor, neben ihm der Dümmere zu sein, welche jetzt wieder in mir aufstieg.

Es drehte sich also viel um Intelligenz in meinem Wertesystem. So explizit war mir das alles aber damals nicht bewusst. Das kam erst nach und nach, bis heute, wo ich hier über meinen Erinnerungen brüte.

3

Meine Zimmereinrichtung in der WG bestand aus einem Bett und einem Sofa, die beide der Vormieter dagelassen hatte. Dazwischen stand ein kleiner Tisch mit meinem Laptop darauf. Außerdem hatte ich ein schmales Regal mit Büchern und Krams vollgepackt. Insgesamt war das Zimmer also fast so spärlich eingerichtet wie hier.

Am Ende des Raumes gab es ein Fenster, durch welches man auf das Nachbarhaus guckte. Auch wenn ich direkt davorstand, blickte ich bloß auf den Zaun, ein parkendes Auto und ein paar Fahrräder. Es war daher recht düster in meinem Zimmer, aber das hatte den Vorteil, dass es sich für mich mehr wie ein Rückzugsort anfühlte. Wenn ich Licht will, kann ich ja in die Küche gehen, dachte ich anfangs. Aber mit der Zeit wurde es mir doch zu dunkel und ich dachte daran, wie es dem Vormieter, meinem Leidensgenossen hier wohl ergangen war.

Von der Straße drang kaum Lärm hinein. Anders verhielt es sich mit Geräuschen aus der Wohnung. In

Dernfeld war es übrigens genau andersherum gewesen. Anfangs genoss ich es, auf dem Bett zu liegen und zu hören, wie meine Mitbewohner sich unterhielten. Zumindest solange sie nicht laut diskutierten. Dann fühlte ich mich wie in Gesellschaft, aber ohne den Druck mich präsentieren zu müssen, was mir hier zu Beginn besonders schwerfiel, da ich nicht wirklich begriff, wie meine Mitbewohner tickten beziehungsweise welche Normen in ihrem Miteinander herrschten. Mit der Zeit lernte ich, dass sie alle ihre individuellen Erwartungen hatten. Es waren ausgeprägte, starke Charaktere, die hier wohnten. Ich hatte den Eindruck, ihnen war wichtiger, dass sie frei entscheiden konnten und dass man selbst frei entschied als das Beachten irgendwelcher Normen. „Frei entscheiden" – das klingt irgendwie zu idealisierend. Aber offener Druck, z.B. durch Moralisieren oder eben das Berufen auf Normen, waren hier verpönt. Andererseits versuchten Mia und Jan einen immer wieder von etwas zu überzeugen, doch das allein schafft ja noch kein unfreies Entscheidungsklima. Es ist eher ein Zeichen dafür, dass sie

Interesse an einem haben – was versuch ich mir hier einzureden?

Die ersten Wochen verbrachte ich nach meiner Gewohnheit viel damit durch die Straßen zu schlendern. Ich fand es wunderbar spannend, immer wieder neue Wege und Straßen zu entdecken. In Dernfeld hatte ich längst alles erkundet und war meiner direkten Umgebung sogar überdrüssig geworden.
Ab und zu begleiteten mich Joshua oder Mia, obwohl sie viel zu tun hatten. Sie waren allerdings nicht so beschäftigt wie Jan und Luise. Letztere traf ich einmal einige Tage nach meinem Einzug abends auf dem Flur. Mit ihren Augenrändern und den straff zurückgebundenen Haaren wirkte sie ein bisschen wie eine resolute Bibliothekarin, die eine Nachtschicht hinter sich hatte. Allerdings nicht unbedingt wie eine unfreundliche Bibliothekarin. Sie hieß mich willkommen und entschuldigte sich für ihre dauernde Abwesenheit, sie arbeite gerade an einem wichtigen Projekt für ihr Psychologiestudium. Das wäre nicht schlimm, meinte ich und sie schien weiter

kein Interesse an mir zu haben, was ich erwiderte. Daraufhin verschwand sie wieder in ihrem Zimmer, wobei mir auffiel, wie hell es darin war.

Für Jan wiederum waren Spaziergänge einfach Zeitverschwendung. Er ging nie ohne konkretes Ziel nach draußen. Jedoch fiel mir auf, dass er dafür ziemlich oft die Wohnung verließ. Vielleicht erledigte er nicht alles auf einmal, um öfters kleine Spaziergänge machen zu können, ohne gegen seine selbstgesetzten Regeln zu verstoßen. Auch wenn ich mich jetzt etwas darüber amüsiere, so bewunderte ich ihn doch für seine Eigendisziplin, welche seinen Alltag beherrschte.

Ich hingegen lebte meist eher in den Tag hinein und hatte Schwierigkeiten, mir selbst Regeln zu setzen. Schon das Festlegen auf Regeln fiel mir schwer. Ich wollte es genießen, situativ zu entscheiden, unabhängig von auferlegten Prinzipien meines vergangenen Ichs. Jan sagte einmal zu mir „Die Menschen haben eine Abneigung gegen Disziplin. Sie müssen zur Schule oder zur Arbeit gehen und wenn sie nach Hause kommen, wollen sie einfach ihrer spontanen

Lust nachgeben. Aber ein starker Wille will sich nicht einfach der spontanen, zufälligen Lust unterwerfen. Daher brauche ich meine Disziplin, um zu tun, was ich will."

Mit Joshua verbrachte ich anfangs am meisten Zeit. Er arbeitete in einer traditionellen Tischlerei und war sogar sehr begabt. Er hatte sich einige Möbel für sein Zimmer selbst gebaut und unser Küchentisch stammte auch von ihm. Ein Holztisch mit kunstvollen Schnitzereien, in welchen er viel abgezwackte Arbeitszeit reingesteckt hatte.

Aber das war schon einige Jahre her. Mittlerweile war er nicht mehr mit so viel Ehrgeiz dabei. Wenn er Feierabend hatte, bummelten wir durch die hohen Häuserreihen, die grünen Parks, die vollen Märkte, durch Menschenmassen in einem sich ständig bewegenden Kaleidoskop aus Eindrücken. In den dreckigen Ecken sammelte sich Verpackungsmüll, die Gehwege waren sporadisch von blühenden Magnolien und anderen mir unbekannten Bäumen gesäumt. In Hauseingängen schliefen Obdachlose oder

Süchtige setzten sich einen Schuss; auf den Straßen dröhnte hin und wieder ein Porsche oder Benza. Solch eine Dekadenz provozierte mich immer wieder – sie störte meinen Sinn für Gerechtigkeit.

Manchmal dreschten wir ironisch Phrasen, aber oft gingen wir auch einfach schweigend nebeneinanderher. Das man das mit Josh machen konnte, wusste ich sehr zu schätzen. Er hatte in der Regel nichts, was er sich von der Seele reden wollte und auch nichts, wovon er mich überzeugen wollte. Normalerweise respektierte ich diese Stille, aber an einem Tag, ein paar Wochen nach meiner Ankunft, musste ich mich entladen. Nachdem irgendein besonders lautes und teures Auto an uns vorbeigelärmt war, fuhr ich auf: „Dieses ganze Rumgeprolle mit Reichtum ist so pervers! Wie muss man sich wohl fühlen, wenn man nichts hat, auf der Straße schläft, vielleicht noch krank ist und dann lässt jemand den Motor von nem Wagen aufheulen, von dessen Wert man nen Jahrzehnt leben könnte?!" Da er nichts sagte, machte ich weiter: „Ich meine, so viel kann doch keiner leisten, dass er das verdient, während andere sich quälen, um den Tag zu überleben!"

„Ach, die sind bestimmt an die Straßengeräusche gewöhnt und überhaupt, vielleicht wollen die Penner ja gar nicht Porsche fahren, hehe."

„Bleib mal ernst, bitte."

„Ernst" wiederholte er und lächelte spöttisch. „Ja, was willst du denn machen?", fragte er plötzlich lustlos. „Manche haben halt mehr als andere. Das ist nun mal so. Das war immer so und wird immer so bleiben."

Ich widersprach: „Das muss nicht immer so bleiben! Und du vereinfachst das extrem." – Mein Mitbewohner ein Zyniker?

„Ach, durch meine Zusammenfassung sieht man doch erst, wie es im Großen abläuft. Aber ich frag dich nochmal: Wenn es dir ernst ist, was willst du dagegen machen?"

„Ja, weiß ich jetzt auch nicht so direkt. Zumindest nicht einfach den Mut verlieren. Vielleicht streiken … mit vielen Leuten, mich vernetzen, politisch aufklären, demonstrieren…"

41

„Einfach den Mut verlieren", murmelte Josh. Er schien erst noch was erwidern zu wollen, schwieg dann aber. Ich schien wohl einen Nerv getroffen zu haben. Als wir zu Hause ankamen, ging er wortlos in sein Zimmer und schloss die Tür.

Dieses Gespräch markierte einen Einschnitt in unserer Beziehung. Wie gesagt war Josh vorher schon schweigsam und nicht gerade eine Stimmungskanone gewesen, aber er war trotzdem auch mal dazu aufgelegt gewesen, ironisch herumzublödeln. Jetzt war er nur noch kurz angebunden, wenn ich ihn traf, und wir redeten kaum noch miteinander. Ich fragte mich natürlich, wie ich ihn gekränkt hatte. Er hatte wahrscheinlich nicht *einfach* den Mut verloren.

Ich spekulierte, dass er nur mit Leuten Spaß haben konnte, die ihn noch nicht von seiner zynischen Seite kannten. Hatten sie diese einmal kennengelernt, war die Maske eines Sorglosen heruntergerissen und das Spiel vorbei. Ich hatte jedenfalls eine schöne und unkomplizierte Freundschaft verloren. Aber damals hatte ich genug anderes im Kopf, um mich großartig darum zu kümmern. Doch jetzt sehe ich wehmütig darauf zurück. Und es ist eigentlich eine Schande, dass wir uns bis heute nicht ausgesprochen haben. Ich glaube er ist der Einzige, den ich zurzeit sehen will, und das bloß, um mit ihm schweigend herumzulaufen.

4

So, ich nehme endlich mal wieder den Stift zur Hand
und jetzt geht es mal an den Kern. Obwohl, das
Drumherum hatte vielleicht auch seine Berechti-
gung. Naja, ich hab einige Tage nichts geschrieben,
nur rumgelegen und spaziert, aber jetzt geht's los:
Mia! Übrigens sollte ich wohl nichts überstürzen.
Denn ohne ihre Vorgeschichte mir zu vergegenwär-
tigen, werde ich unsere gemeinsame Zeit nicht so gut
darstellen und reflektieren können.
Aufgewachsen ist sie hier in nem Vorort. Allerdings
in einer schickeren Siedlung als die, in der ich zurzeit wohne. Zumindest habe ich mir das immer so
vorgestellt. Ihr Vater arbeitete in irgendnem Unter-
nehmen, verdiente da ganz gut und ihre Mutter war
Physiklehrerin aufem Gymnasium. Mia meinte mal,
ihre Mutter wäre „bürgerlich-feministisch", also sie
will schon Gleichberechtigung, aber bloß nicht zu
viel oder zu schnell.
Ihr Vater muss echt nervig gewesen sein. Nicht unbedingt ein offener Sexist, aber halt schon ein

Macho. Er redete nicht oft über Gefühle, sah sich als das Oberhaupt der Familie, saß aber lieber vorm PC oder Fernseher, als dass er was mit seiner Frau oder seinen Töchtern unternahm, geschweige denn, dass er im Haushalt half. Immerhin redete er Mia und ihrer Schwester nicht so sehr in ihr Privatleben und ihre Berufspläne rein. Mia meinte, da hätten es manche Kinder noch viel schlimmer erwischt.

Ihre 2 Jahre ältere Schwester Holly, war lange ihr Vorbild, lebensfroh, aber etwas ruhiger als sie. Mit 17 wurde sie vergewaltigt. Mia hat es mir sehr genau erzählt, sie meinte das wäre wichtig, damit ich weiß, was sie geprägt hat. Holly stand schon länger auf den Typen, er ging in die Klasse über ihr und sie hatten sich schon ein paarmal geküsst. Damals war der Druck in ihrer Klasse, sexuell aktiv zu sein, sehr hoch und sie wollte es mit ihm ausprobieren, als er sturmfrei hatte. Sie machten nackt auf seinem Bett rum, streichelten sich, küssten sich, bis er wohl entschied, dass es jetzt auch mal reichte, und Anstalten machte in sie einzudringen, doch es ging ihr zu schnell, sie hielt ihn am Arm fest, schaute ihn flehentlich an, brachte aber kein Wort raus und er machte einfach weiter. Sie war voller Furcht, was passieren könnte, wenn sie sich wehrte und hielt den Schmerz aus, bis er neben ihr zusammensackte. Hinterher sagte er kein Wort. Sie wartete angstvoll, bis er eingeschlafen war, raffte ihre Sachen zusammen und haute ab.

Nach dem Vorfall wurde sie stiller und schüchterner, ging einige Wochen nicht zur Schule und hatte jahrelang keine Beziehung. Sie erzählte Mia erst ein halbes Jahr später davon, als der Typ nicht mehr auf ihrer Schule war. „Das schlimmste war, dass man sich so machtlos fühlt, gedemütigt, benutzt und gleichzeitig schämt man sich und macht sich selbst verantwortlich."

Mia riss das aus allen Wolken, sie dachte bis dahin, ihre Schwester hätte eine depressive Phase gehabt. Sie wollte es auch erst nicht glauben, wurde dann sehr wütend, vor allem auf ihre Mutter, die zu Holly anfangs gesagt hatte, dass sie sich besser hätte wehren sollen, klar hätte sagen sollen, was sie will – so als wäre es ihre Schuld. Aber ihre Mutter war auch viel für sie da in der Zeit, kümmerte sich und sorgte dafür, dass Holly Psychotherapie bekam, als sie das wollte. Mia fing mit Kickboxen an, womit sie nach nem Jahr zwar wieder aufhörte, aber damals hat es ihr viel gebracht. Es half ihr, mit ihren Ängsten fertig zu werden, und war natürlich ein guter Weg, um Aggressionen abzubauen. Etwa zur gleichen Zeit fing sie an, sich für Feminismus zu interessieren. Vorher dachte sie, das ginge sie alles nichts an, sie wäre ja nicht politisch. Doch nach dem Vorfall hörte sie von vielen Frauen, dass sie ähnliche Erfahrungen gemacht hatten. Sie war entsetzt. Durch Recherche im Internet versuchte sie zu verstehen, was da passierte und später las sie „Ein Zimmer für sich allein" – was sie mir schließlich empfahl – und stieß auf die Comics von Liv Strömquist. Für die meisten Jungen in ihrer Schule interessierte sie sich jetzt weniger und ihr Freundeskreis wechselte auch, denn ihre alte Clique fand sie zu oberflächlich und naiv, sie versuchte sie zwar manchmal zu politisieren, doch darauf reagierten ihre Freundinnen bloß höhnisch und genervt. Ihren ersten Freund hatte sie dann auf der Uni.

Mia erzählte mir von ihrer Arbeit im Frauenhaus, wie sie nie genug Geld bekamen, um allen richtig helfen zu können, und von dem Leid der Frauen, das sie belastete.

„Es gibt solche Idioten! Können selbst den Schwanz nicht in der Hose lassen und schlagen um sich, wenn *sie* mal wen anders anlächelt. Jeden Tag fragen Frauen bei uns an, ob wir Platz haben, aber der *fucking* Bundeshaushalt gibt ja lieber Millionen aus, um Fluggesellschaften und Fleischfabriken zu subventionieren, als uns vernünftig zu unterstützen … Den Frauen, die wir abweisen müssen, bleibt oft nur die Wahl, zurückzukehren zu ihrem Misshandler oder mit ihrem Kind auf der Straße zu leben. "

„Ja, das ist übel.", entgegnete ich etwas unsicher. Wir standen an einer Ampel. Wenn jemand so gereizt ist, macht es keinen Sinn eine Diskussion anzufangen, dachte ich. Außerdem regte ich mich über ganz ähnliche Dinge auf.

„Dem "Wohlfahrtsstaat" (Ich machte Anführungszeichen mit den Fingern) geht es halt nicht darum,

Gelder gerecht zu verteilen. Jedenfalls nicht solange Großunternehmer Politiker in der Tasche haben. Es gibt halt höchstens mal ne kleine Reform, damit die Leute nicht völlig ausrasten und Revolution machen."

„Wohlfahrtsstaat – schön wärs! Ich hab mal PoWi studiert. Ich weiß, dass es mit dem nicht weit her ist. Seit Jahrzehnten gibt es einen Abbau von Sozialleistungen. Wenn das so weiter geht, haben wir bald so einen Asozialstaat wie die USA."

„Oder Russland?"

„Meinetwegen, oder Russland. Auch wenn die beiden Staaten schwer zu vergleichen sind."

Sie hatte sich etwas beruhigt. Ich fragte, was mir vorher unpassend schien.

„Was sagst du eigentlich zu häuslicher Gewalt an Männern?"

„Ja klar, das ist auch ein Problem, aber relativiert nicht die Dringlichkeit, mit der viele Frauen Hilfe brauchen. Aber offensichtlich sollte auch mehr in Männerhäuser investiert werden."

Ich war überrascht. Ich weiß nicht, was ich erwartet hatte. Vielleicht, dass sie gynozentrisch das Leid der Männer runtermachen würde? Dabei kannte ich Mia jetzt schon einigermaßen. Aber die kleinen Vorurteile sitzen wohl tief.

„Diese scheiß Gendernormen!" Sie ließ weiter Dampf ab. „Die sind an allem schuld!"

„Oder stecken überall mit drin", versuchte ich sie zu beschwichtigen.

„Aber wie tief?! Tiefer als Geld und Bildung!"

„Naja…", wandte ich ein.

„Ach!", lachte sie. „Übertreibungen sind ein rhetorisches Mittel."

Wir erreichten den Markt und die Unterhaltung brach ab.

5

Zu der Zeit las ich, was mir so zuflog. Ein Buch beschäftigte mich besonders, da ich es unter eigentümlichen Umständen erhalten hatte: Ich fand es beim Wechseln meines Bettzeugs unter der Matratze. Es musste wohl dem Vormieter dort reingerutscht sein. Es war das Buch „Furcht und Zittern" von dem Philosophen Søren Kierkegaard.

Als ich es entdeckte, schlug ich es neugierig, wahllos auf und fing auf gut Glück an zu lesen. Schnell war ich eingenommen vom Schreibstil Kierkegaards. Dieser zeugte nicht nur von Scharfsinn, wie ich es von philosophischen Texten gewohnt war, sondern auch von einer Leidenschaft für das Geschriebene. Es war das Gegenteil von kritischer Distanz – kritisches Involviertsein. Er schrieb nicht über Abstraktes, sondern über das Leben, wie er es wahrnahm. Selbst hätte ich mir dieses Buch nie ausgesucht. Mich hätte das Label der Religionsphilosophie abgeschreckt. Doch Kierkegaard benutzt zwar oft biblische Metaphern, aber man muss nicht an Gott glauben, um ihn zu verstehen.

Vereinfacht gesagt, empfiehlt Kierkegaard, dass wir uns vorstellen, jeder Tag wäre der erste und gleichzeitig der letzte unseres Lebens. Wir sollen also voller Hoffnung und Neugierde auf unser Leben sein, während wir wissen, dass jeden Moment alles vorbei sein kann. Das klingt paradox – fast unmöglich – und Kierkegaard selbst meinte, er würde es nicht schaffen. Aber ich will versuchen, seinen Gedanken ausführlicher darzulegen und deutlich machen, warum er mich immer wieder beschäftigt hat.

Alles ist vergänglich. Jedes Werk, jedes Leben, jede Liebe. Kierkegaard kommt durch schmerzvolle Erfahrung zu dieser Erkenntnis schon als Kind. Von ihm geliebte Personen sterben sehr früh, seine Mutter, mehrere seiner Geschwister. Er sucht nach einem Weg zu leben, der diese traurige Wahrheit nicht ignoriert.

Doch die theoretische Lösung, welche Kierkegaard für dieses Problem entwickelt, kann er nur zum Teil in die Praxis umsetzen. Sie beinhaltet in einem ersten

Schritt, dass wir aufgrund des Verlustes, aufgrund der Vergänglichkeit jeder Liebe und jedes Sinns, unendlich resignieren. Das heißt, wir verzweifeln *völlig*, geben jede Hoffnung auf eine erfüllte Liebe, auf ein erfülltes Leben auf. Soweit können wir mit jener Erkenntnis und unseren rationalen Überlegungen kommen und soweit glaubt Kierkegaard von sich, dass er kommt.

Dann aber, in einem zweiten Schritt, gilt es die Rationalität und den Nihilismus hinter sich zu lassen und eine Bewegung, einen Sprung zum Glauben, hinein ins Absurde zu machen. Der Glaube, meint Kierkegaard, wäre von der Philosophie oft verlacht worden, so soll es schwierig sein den Philosophen Hegel zu verstehen, aber Abraham zu verstehen, das sei ein Leichtes. Er selbst könne Hegel verstehen, Abraham aber niemals.

Dieser ist Kierkegaards Ideal. Sein Gott fordert von ihm, dass er ihm seinen geliebten Sohn Isaak auf dem Berg Morijah opfern soll. Der Weg dorthin dauert dreieinhalb Tage. In dieser langen Zeit gibt er alle Hoffnung auf seinen Sohn auf und im gleichen

Moment glaubt er an ein Wunder. Er hat absolut resigniert, kann aber durch seine irrationale Hoffnung weitergehen. Würde er bloß naiv an ein Wunder glauben, wäre er am Boden zerstört, wenn es nicht einträfe. Würde er nur verzweifeln, wäre er unfähig weiterzulaufen. Abraham muss also beide Schritte gleichzeitig oder immer wieder schnell hintereinander gehen – völlig resignieren und es wagen zu glauben.

Zu dieser Metapher ist zu sagen, dass sie längst nicht auf alle Menschen anwendbar ist. Manche lieben einfach nichts und niemanden oder lieben bloß schwach. Kierkegaards Ideal ist aber eine *bedingungslose* Hingabe. Das kann eine romantische Beziehung oder zum Beispiel die Liebe zu einem Beruf sein. Es ist das, was Identität und Sinn stiftet. Nach Kierkegaards Ansicht, sollte diese Hingabe erst mit unserem Tod enden. Das ist nicht zu verwechseln mit der konservativen Sichtweise, dass eine Ehe bis zum Tod fortgeführt werden sollte – auch ohne Liebe. Durch diese extreme Form von Liebe wird das Leben für ihn erst wirklich lebenswert.

Vor diesem Hintergrund muss der drohende Verlust gesehen werden. Wer nicht richtig liebt, der kann auch nicht wirklich verzweifeln, nicht wirklich glauben. Wer bloß vom Leben will, dass es keine größeren Unannehmlichkeiten gibt, ist für Kierkegaard bemitleidenswert.

Er stellt das natürlich noch viel ausführlicher dar, aber das hier soll für meine Zwecke genügen.

Seit der Lektüre frage ich mich immer wieder, ob ich nicht stärker lieben sollte, weg von der goldenen Mitte, hin zum Extrem. Nicht unbedingt bis zum Tod, aber vielleicht bedingungslos für ein Jahrzehnt. Da stellt sich natürlich die Frage, ob ich das selbst beeinflussen kann, wie stark ich liebe. Auf jeden Fall hätte ich gerne eine solche Leidenschaft.

Hinzu kommt, dass ich, als ich diesen Text las, kaum bedeutende Verluste erlitten hatte. Aber ein paar Monate später verlor ich gleich zwei geliebte Menschen und ich war an manchen Tagen wirklich am Rande der Verzweiflung. Auch wenn meine Resignation noch nicht unendlich war, wie Kierkegaard sie empfiehlt, fehlt es mir eher am Glauben und am Mut, erneut zu lieben.

Ich will wieder lieben! Braucht es einfach Zeit? Ich will nicht einfach apathisch vor mich hinleben. Ich will das ganze Leben! Leidenschaft!

Meine Fähigkeit zu lieben scheint in einer Art Erholungsphase zu sein. Als müssten sich die Zellen wie beim Kraftsport erst wieder regenerieren, bevor sie wieder einsetzbar sind. Aber die Muskeln wachsen beim Kraftsport nur, wenn man sich richtig ernährt. Was braucht meine Liebesfähigkeit für Nahrung?

Wenn ich das bis hierhin Geschriebene jetzt nochmal überfliege, bemerke ich, dass mir vor allem die schwierigen Diskussionen eingefallen sind. Das sind wohl typischerweise auch die Gespräche, die einen hinterher noch weiter beschäftigen. Aber wenn man mit anderen zusammenlebt, gibt es natürlich auch viele ruhige und friedliche Momente. Das sollte ich nicht vergessen.

Zum Beispiel aß ich oft recht spät abends, um 9 oder 10, noch einen Happen in der Küche, traf dort Mia und wechselte ein paar freundliche Worte und Blicke mit ihr. Manchmal saßen wir auch zusammen und unterhielten uns über vergangene Reisen oder Kindheitserinnerungen. Nach diesen einfachen, harmonischen Kontakten war ich hinterher ausgeglichener und zufriedener. Es kam und kommt nämlich vor, dass ich mir Stress mache, weil ich mir einbilde, nicht genug geschafft zu haben. Oder aber jemand sagt etwas, was ich nur schwer verdauen kann. Dann helfen mir diese Momente, in denen mich Menschen einfach akzeptieren und nett zu mir sind, und ich kann mich dann auch wieder akzeptieren und netter zu mir sein. Manchmal hilft auch schon der freundliche Blick eines Fremden auf der Straße oder das Lächeln einer Kassiererin. Solche Momente können meine Laune für Stunden heben.

6

Im Wohnzimmer der WG; ein oder zwei Monate nach meiner Ankunft; mehrere Menschen – teils sitzend, teils stehend – unterhalten sich in Grüppchen.

Jan: „Ja klar ist es wichtig, dass Leute sich politisch engagieren, und vor allem erstmal die politische Bewusstwerdung. Die meisten wissen ja nicht mal, dass das Private, dass alle Interaktionen politisch sind. Aber Politik ist nicht das, wofür ich lebe, you know? Ich bin Musiker. Nur wenn ich Geige spiele, fühle ich mich ganz … oder vielleicht kann man auch sagen, ich fühle mich dann gar nicht mehr – was so ähnlich ist.“

Er machte eine kurze Pause und schien auf die Wirkung seiner Worte zu achten. Sowohl auf seine Gedanken als auch auf unsere Gesichtsausdrücke.

Mit enthusiastischen Gesten seine Rede begleitend, fuhr er fort: „Wenn ich flowe, wenn ich im Spiel bin, das ist die Erfahrung, die mein Leben am meisten geprägt hat und nach der ich mein Leben ausrichten will. Dieses Gefühl ist so stark, dass es sich nicht mehr real anfühlt. Aber gleichzeitig sagt es mir, dass es das Einzige ist, was zählt. Vielleicht muss ich meine Vorstellung von dem, was real ist, ändern. Vielleicht ist es auch surreal oder hyperreal, ich weiß es nicht. Aber jedenfalls, man muss diese Erfahrung gemacht haben, um sie zu verstehen."

Es entstand wieder eine kleine Pause. Joana, die mit uns beiden im Kreis stand, angelehnt an einen großen Sessel, guckte uns versonnen an und sagte: „Das ist wirklich ein einzigartiges Gefühl, eine besondere Welterfahrung. Ich hab ne Zeit lang Saxophon gespielt und häufig mit Freundinnen gejammt. Es entstand dann manchmal so ein Verbundenheitsgefühl zwischen uns…wir schienen miteinander zu verschmelzen, eins zu werden – ein großartiges, orgiastisches Gefühl."

Jan: „Genau, *orgiastisch*, ohne Disziplin, das heißt ohne Macht. Vielleicht die einzige soziale Situation, in der wir nicht uns oder andere versuchen zu disziplinieren."

Ich: „Aber Machtprozesse haben zu diesen Sessions geführt. Ohne dass ihr den Luxus der Freizeit gehabt

59

hättet, hättet ihr nicht Musik machen können und wahrscheinlich könntet ihr euch auch die Instrumente nicht leisten. Außerdem hattet ihr vielleicht Bildungsvorteile. Menschen aus ärmeren Familien sehen nachgewiesen seltener den Sinn in Dingen, die sie nicht vorwärtsbringen, sozusagen. Das ist ein Luxusgut." Ich spürte, wie ich etwas verlegen wurde, weil ich 2-mal „Luxus" gesagt hatte. Generell fühlte ich mich immer angreifbar, wenn ich in einer Gruppe jemandem widersprach.

Doch Joana pflichtete mir bei: „Da hast du recht. Oder auch wie bestimmt wird, welche Musik gefördert wird oder als "kultiviert" gilt. Klassik oder Techno? Cumbia oder Jazz? Das wird nicht demokratisch entschieden. Manche Stimmen werden mehr gehört als andere, nämlich die Mächtigeren, welche *zufällig* meistens Weiß und männlich sind. Aber auch wenn es wichtig ist, auf so etwas aufmerksam zu machen, ist es natürlich nicht verboten, einfach Musik zu machen und das zu genießen."

Jan (lachend): „Ach, macht ihr nur euern Politikscheiß, ich mach was ich will, und das ist vor allem

die Fidel streichen und die Bassklarinette blasen."
Damit wandte er sich einer anderen Unterhaltung zu.

Joana (grinsend): „Als er die drei fünf für die Bass-klarinette noch nicht abbezahlt hatte, klang er noch ganz anders."

Ich grinste zurück, doch innerlich merkte ich, dass ich mal wieder enttäuscht war von Jan. Er war vielleicht gar nicht so anders als in der Schulzeit, aber ganz anders als in meiner Vorstellung von ihm, die sich in seiner Abwesenheit verselbstständigt hatte.

7

Wir schreiben den Tag meiner Erinnerung ein paar Wochen nach meiner Ankunft in dieser Stadt. Mia stand gerade in meiner Zimmertür, während ich mir die Schuhe zuband.

„Wohin…wollen…wir…heute…gehen?"

Während sie wartete, versuchte sie sich im Stepptanz.

„Ich weiß nicht", sagte ich. „Vielleicht in den Rachidpark?"

Der „Rachidpark" hieß eigentlich irgendwie anders, aber es gab da mal ein indisches Restaurant mit dem Namen „Rachid" daneben und so hieß er eben Rachidpark.

„Okidoki", antwortete Mia. Sie schien so locker, wenn sie mit mir sprach, konnte dabei sogar noch rumtanzen. Oder war das nur aufgesetzt? Aber ich war ja eigentlich auch gelassen, nur nicht, wenn ich daran dachte, einen Annäherungsversuch zu machen.

Wir gingen durch den warmen Nachmittag. Erst über schmale Bürgersteige, dann durch die etwas vernachlässigte Parkanlage. Ein Betrunkener oder Verrückter schimpfte laut vor sich hin: „Dieses verdammte Pack! ... alles kaputt! ... wenn ich die kriege ... SCHEIßE!"

Wir beobachteten ihn, bis er in unsere Richtung schaute.

Mia fragte mich, ob mir „Kritische Männlichkeit" etwas sagt. Es sagte mir nichts.

„Da hinterfragt man die männlichen Geschlechternormen, also die Erwartungen, die an einen gestellt werden. Das heißt vor allem, als Mann stark und dominant sein zu müssen, Risiken einzugehen, keine Schwäche zu zeigen und so weiter. Aber du weißt das vielleicht besser als ich. Und diese geforderten Eigenschaften sind der Grund für einen Großteil der Gewalttaten. Also die Überbetonung von Mut und Stärke des Einzelnen, das sich-beweisen-müssen."

Gespannt hörte ich ihrer Erklärung zu. Ich hatte natürlich den Druck schon gespürt, welcher auf Männern lastet. Die Schule war in der Hinsicht für mich besonders schlimm gewesen. Dort lernte ich, was es heißt, zu dominieren und dominiert zu werden, und verabscheute schließlich diese unsozialen, "typisch jungenhaften" Praktiken. Ich fühlte mich dreckig, wenn ich mich über jemanden lustig machte oder auch bloß mitlachte und natürlich hasste ich es, wenn man mich auslachte.

Übrigens wird einem im Online-Synonym-Lexikon, wenn man den Begriff „jungenhaft" eingibt, unter anderem „unanständig" und für „mädchenhaft" „anständig" vorgeschlagen.

Diese ganzen Erwartungen zu durchschauen, sie von dem Selbstwertgefühl zu entkoppeln und nicht einfach blind zu übernehmen, scheint mir zwar ziemlich schwierig und mühselig, aber auch vielversprechend. Der gesellschaftliche Druck würde nicht mehr so stark auf mir lasten und ich könnte freier und bewusster entscheiden, wie ich sein möchte. Übrigens ist der Druck in der Schule offener – vielleicht auch stärker und es ist schwierig zu sagen, wie hoch der subtile, gesellschaftliche Druck später ist. Ich glaube, in dem ziemlich toleranten Milieu rund um meine ehemalige WG war er nicht besonders stark, jedoch auch schwieriger aufzuspüren und zu durchschauen.

Aber zurück in die Vergangenheit. Mia fuhr fort:

„Das zweite ist, dass man realisiert, was man als Mann für Privilegien hat. (Ich unterdrückte ein Augenrollen.) Man kann zum Beispiel eher nachts allein hier in den Park gehen, man wird eher ernst genommen – besonders wenn es um Politik oder Wissenschaft geht. Und ich finde diese Privilegien sollte man nutzen – also vor allem, dass man ernst genommen wird," sagte sie lächelnd „um diese Vorteile allen zugänglich zu machen."

Davon war ich nicht so überzeugt. Ich wusste ja noch nicht einmal, ob ich nicht einfach egoistisch sein wollte oder zumindest mehr als altruistisch, das heißt mehr als ein moralisches Leben zu führen. Aber das Leben wartet nicht mit seinen praktischen Entscheidungen, bis wir alles theoretisch entschieden haben.

„Aber was soll ich denn schon machen? Ich bin doch kein Influencer oder Politiker."

„Klar," sagte sie, „jeder ist nur für das verantwortlich, was er auch leisten kann."

Ich beließ es erstmal dabei. Über meine moralische Unentschlossenheit mochte ich noch nicht reden.

Ein paar Tage waren seit unserem Gespräch vergangen und ein Gedanke daraus war immer wieder an der Oberfläche meines Bewusstseins aufgetaucht. Besonders abends im Bett beschäftigte er mich, ich drehte an ihm herum und spann ihn weiter.

Wir saßen gerade mit prallen Bäuchen am Küchentisch, als ich darauf zu sprechen kam.

„Ähm, du meintest letztens, dass man nur für etwas verantwortlich gemacht werden kann, zu dem man auch fähig ist…"

„Zu dem, was die Person leisten kann, genau", sagte Mia mit aus dem Fresskoma erwachendem Blick.

„Ja", sagte ich, „aber hätte ich nicht dieses Wissen von dir, mit den Privilegien und so weiter, könnte ich mich doch auch nicht dafür einsetzen, dass Frauen, Transpersonen und so weiter die gleichen Rechte, also du weißt, was ich meine, die Gleichbehandlung mit Männern, die gleichen Vorteile im Alltag genießen können."

„Worauf willst du hinaus?"

„Das Beispiel ist vielleicht nicht ganz passend, aber ich meine, wenn Verantwortung auch von Wissen abhängig ist, könnte man ja auf die Idee kommen, sich querzustellen und einfach nichts mehr zu lernen. Also komplett konservativ alles an neuen Informationen zu ignorieren oder so zu relativieren, dass es keine Bedeutung mehr hat und man sein Verhalten nicht ändern muss."

„Ja..." Sie überlegte.

„Das heißt", fuhr ich fort, „es sollte oder es muss noch so etwas geben wie eine Pflicht, sich Wissen anzueignen oder es zumindest nicht zu ignorieren. Also, solange wir nicht wollen, dass jemand, der den ganzen Tag nur stumpfsinnig Tetris zockt und einen Horizont von einem Meter hat, obwohl er das Zeug dazu hätte, sagen wir Sozialarbeiter oder Rechtsberater zu werden, Leuten zu helfen und seinen Horizont immens zu erweitern … also nein, Moment…"

Ich ärgerte mich über meine Verwirrung und versuchte krampfhaft meinen Faden wiederzufinden. Ich hatte so gut angefangen, jetzt brauchte ich nur ein bisschen Ruhe und Geduld, aber die Situation war mir peinlich und ich wollte meine Idee nicht zwischen den Fingern, nicht zwischen den Fängen meiner Konzentration entwischen lassen. Als mein Krampf schließlich nachließ, fing ich, tief durchgeatmet, wieder an: „Das wäre ja … was du schon meintest."

„Ja", sagte sie und ich bewunderte sie dafür, dass sie mir folgen konnte. „Wenn jemand nur Tetris spielt, anstatt als Sozialarbeiter zu arbeiten oder sich politisch zu engagieren, ist er für die unterlassene Hilfeleistung verantwortlich."

„Hm, aber wenn es unklar ist, ob er es könnte … naja, das ist vielleicht kein Grund, es nicht zu versuchen oder nach etwas Ähnlichem Ausschau zu halten", gab ich zu. „Aber mein Punkt ist eigentlich nur, dass man sich Wissen nicht verweigern darf. Aber auch: wer bestimmt, was Wissen ist und was nicht?

Früher galten Homosexuelle sogar in der Wissenschaft als krank."

„Stimmt", pflichtete sie mir bei, „wir müssen halt darauf achten, wie durch die Verbreitung von Wissen Macht ausgeübt wird, und hinterfragen, warum wir etwas glauben."

„Also ich sollte zum Beispiel nicht einfach glauben, dass ich meine Privilegien nutzen sollte, um Unterprivilegierten zu helfen, nur weil ich dich mag." Ich konnte kaum glauben, dass ich das laut ausgesprochen hatte, aber es hatte mir zu sehr auf der Zunge gebrannt. Sie lächelte mich an.

„Idealerweise herrscht wohl der zwanglose Zwang des besseren Arguments", zitierte ich, um die etwas seltsame Stille zu durchbrechen.

„Ja," sagte sie, „Aber ich glaube, wir müssen auch Menschen vertrauen können, zumindest manchmal, weil alles zu hinterfragen einfach unmöglich ist."

Jetzt, da ich mir das Gespräch wieder vergegenwärtigt habe, fällt mir etwas auf, was mich damals schon gestört hatte, ich aber noch nicht artikulieren konnte.

Nämlich, dass es unterschiedliche Arten von *Wissen* gibt, die sich auf die Verantwortlichkeit auswirken. Zum einen Informationswissen wie zum Beispiel „viele Menschen werden verhungern, wenn ich ihnen nicht helfe". Über so eine Art von Wissen haben Mia und ich geredet. Es gibt aber auch moralisches Wissen – zugegeben eher Überzeugungen als Wissen – wie beispielsweise „ich sollte Menschen helfen, die sonst verhungern". Kann ein Mensch, der diese Überzeugung nicht hat, verantwortlich sein, wenn er ihr widerspricht, also Menschen verhungern lässt?

Die Frage ist, glaube ich, wem gegenüber wir verantwortlich sind – uns selbst, anderen oder der Gemeinschaft gegenüber.

Das erinnert mich an ein späteres Gespräch mit Mia, in welchem ich zur Sprache brachte, dass ich Vorbehalte habe, moralisch zu leben, wenn das bedeutet, immer altruistisch sein zu müssen. Sie meinte daraufhin sehr vernünftig, dass wir erst einmal die schwere Pflicht und Freiheit haben, in jeder Situation selbst für uns entscheiden zu müssen, was richtig, was moralisch ist und dann für uns versuchen sollten, danach zu handeln.

Wenn ich nur alle meine Erkenntnisse, immer präsent haben könnte…

8

Wenn ich jetzt an diese ersten paar Monate zurückdenke, kommt es mir vor, als lebte ich ziemlich unbeschwert und zufrieden. Ohne große Probleme und mit Muße zum Nachdenken über abstrakte Dinge.

Ich hatte wirklich Glück, dass meine Mitbewohner so häufig Freunde zu uns einluden. Sonst hätte ich wahrscheinlich Schwierigkeiten gehabt, neue Kontakte zu knüpfen. Bei ein paar Bierchen konnte ich sie dann ungezwungen kennenlernen. Besonders interessierte mich Bob. Dieser war bei Attac aktiv, einer NGO, welche unter anderem versucht, weltweit Steuern auf Finanzgeschäfte durchzusetzen. Selbst ein bisschen auf der Suche nach einer Möglichkeit mich politisch einzubringen, hörte ich ihm gerne zu. Später will ich noch auf ihn zu sprechen kommen.

Ende April, etwa ein Monat nach meiner Ankunft, entschloss ich mich schließlich, beim Altenheim nach der Stelle zu fragen. Am Telefon hieß es: „Komm einfach vorbei und stell dich vor." Ich hatte

Glück – die anderen Mitarbeiter mochten mich und in einer Woche würde mein Vorgänger aufhören.

Das Heim war relativ klein. Eine Anlage mitten in der Siedlung mit großem Garten. In den oberen Stockwerken wurden Wohnungen vermietet, die unteren gehörten zu der Seniorenresidenz. Hier hatten etwa 60 Menschen ihr letztes Zuhause oder zumindest ihre letzte Bleibe gefunden. Nachdem ich mehrere Monate dort gearbeitet habe, kann mir immer noch nicht vorstellen, wie das ist, zu wissen: „Hier bleibe ich, bis ich sterbe, das ist die Endstation meines Lebens." Wahrscheinlich muss man sich dafür schon mehr mit dem eigenen Tod beschäftigt haben. Mein Job war es dem Koch behilflich zu sein, außerdem ab und zu allein zu kochen und mit den Bewohnern zu reden, zu spielen und sie in den Garten zu bringen oder auch ein Stück auf die Straße zu begleiten, wenn sie es wünschten.

Die Bezahlung war ok – 12 Euro die Stunde – ich hatte schon für weniger gearbeitet. Abgemacht war, dass ich 4mal die Woche, jeweils 4-6 Stunden arbeite, auch mal am Wochenende mit Zuschlag. Da ich außer für Miete und Essen kaum Geld ausgab, reichte das völlig. Ich hatte sogar nach ein paar Monaten so viel gespart, dass ich wieder aufhören konnte zu arbeiten und mich jetzt voll auf meine Reflektion konzentrieren kann. Allerdings denke ich manchmal, dass es doch ganz gut wäre, zumindest ein paar Stunden zu arbeiten, um ausgeglichener zu sein. Sport zu machen wäre wahrscheinlich noch besser, aber dazu kann ich mich im Moment einfach nicht motivieren.

Der Job machte mir Spaß. Ich freute mich darüber, gebraucht zu werden, und gleichzeitig schien es mir, als würde ich fast nicht arbeiten. Manche der Bewohner waren noch ganz fit im Kopf, konnten aber die Kraft nicht mehr aufbringen, sich um sich selbst zu kümmern, und waren daher ins Heim gekommen. Eine von ihnen war Hermine, mit ihr unterhielt ich mich am liebsten und mit der Zeit freundete ich mich mit ihr an. Sie saß, wie viele, im Rollstuhl und hatte immer ein leichtes Lächeln auf dem Gesicht. Allein diesen seligen Blick zu sehen, beruhigte mich oft schon. Sie sprach mit mir nicht darüber, aber eine

Kollegin erzählte mir, sie wäre wohl mit Mitte 50, als ihr Mann an Krebs gestorben war, nach Asien gereist, wo sie dann viele Jahre in Indien verbrachte. Dort probierte sie Vipassana und andere Meditationsformen aus, bevor sie mit Ende 60 nochmal nach Deutschland kam, um ihre Kinder zu sehen. Ein paar Jahre später starben diese dann auch und ließen ihre 89-jährige Mutter zurück.

Ihre Zeit in Indien und ihr ewiges Lächeln ließen sie mich als eine Art weiblichen Buddha, als Tara mystifizieren. Ihre friedliche, ausgeglichene Art wirkte neben meinem ziemlich sensiblen Gemüt so kontrastierend, dass es mir wie ein Wunder vorkam, wie verschieden Menschen sein konnten. Dass meine Familie so weit weg war, trug bestimmt auch dazu bei, dass ich sie so sehr in mein Herz schloss. Auch wenn ich nicht sagen kann, was für eine familiäre Rolle ich ihr zuschreiben würde. Vielleicht eine Mischung aus großer Schwester – ich hatte nie eine gehabt – und Oma.

An einem sonnigen Tag Ende Mai saß ich mit ihr im Garten der Anlage. Wir waren umgeben von Blüten, über uns ein weißer Apfelbaum und von rechts kam der Duft des Flieders, welcher den Garten begrenzte.

Zuvor hatte ich meiner Freundin nur von banalen Dingen erzählt, von allgemeinen Sorgen, die mich im Moment nicht so beschäftigten. Ich glaube, jeder hat immer eine Hauptsache, um welche herum er sich Gedanken macht. Zu dem Zeitpunkt war es mir noch nicht unbedingt klar, dass meine Hauptsache Mia war. Ich schwärmte vor allem vor dem Einschlafen von ihr, tagsüber genoss ich einfach ihre Gesellschaft und machte mir eher wenig Gedanken, doch zwischendurch hatte ich süße Vorahnungen.

„Ich hab dir doch mal erzählt, dass ich hier mit anderen zusammenlebe", begann ich. Sie lächelte wie immer, aber mir schien, als ahnte sie schon, was jetzt kommen würde.

„Naja, und eine Mitbewohnerin, die mag ich halt besonders." Ich machte eine Pause und ließ meinen Blick von einer Amsel führen, die vor uns auf dem Boden herumsprang. Dann sprudelte ich plötzlich los.

„Zweimal passierte es schon, dass wir uns stumm anlächelten. Das ist doch ein Zeichen, oder?" Ich wartete keine Antwort ab. „Und ich bewundere ihre … ihre Persönlichkeit, vielleicht." Auch wenn ich meine Gefühle nicht so genau ausdrücken konnte, tat es gut über sie zu reden. Es war wie ein Zauber, der stärker wird, wenn man ihn ausspricht. Ich wusste nicht genau, was ich noch sagen konnte. Ich hatte das unbestimmte Verlangen mehr zu erzählen, da es sich so gut anfühlte.

Hermine saß einfach da, guckte mich an und lächelte glücklich. Sie gab mir die Bestätigung, dass meine Gefühle richtig, dass sie gut waren und dass es sich lohnte, sie weiter zu stärken. Übrigens redete sie meistens fast gar nicht und das Sprechen schien ihr immer schwerer zu fallen.

9

Ich will jetzt kurz über eine weitere Philosophie, einen weiteren Weg schreiben, der mir nicht aus dem Kopf geht.

Nachdem ich Kierkegaards Buch gelesen hatte, wurde ich auf den Audio-Mitschnitt einer Vorlesung aufmerksam, die den Titel „Existentialism in Literature and Film" trägt. Diese befasst sich nicht nur mit Kierkegaards „Furcht und Zittern", sondern zu meiner Freude auch ausführlich mit dem Roman „Die Brüder Karamasow" von Dostojewski, welchen ich etwa 1 Jahr zuvor gelesen hatte. Der dozierende Professor Hubert Dreyfus extrahiert ein Lebens- oder Liebeskonzept aus dem langen Roman, welches ich beim Lesen nur erahnen konnte. Doch jetzt faszinierte und beschäftigte es mich durchaus mehr als Kierkegaards Ideal.

Dreyfus zufolge spüren viele Menschen zwei bestimmte Seiten in sich. Runtergebrochen stehen diese für das, was in der Alltagssprache "niedere Triebe" und "höhere Gefühle" genannt wird. Die eine Seite ist die impulsive und sinnliche, die andere die stolze, welche den eigenen Idealen entsprechen will. Zusammen führen sie zu inneren Willenskonflikten. Zum Beispiel, wenn jemand ein Portemonnaie auf der Straße findet und einerseits den moralischen Anspruch an sich hat, es zurückzugeben und seinem Ideal eines Retters zu entsprechen, während er andererseits das Verlangen hat, sich durch das Geld sinnliche Genüsse zu verschaffen. Ist die Summe nur groß genug, wird er seine Entscheidung, egal wie sie ausfällt, bereuen oder zumindest anzweifeln, da er nicht imstande ist, beide Seiten zu befriedigen.

Diese Zerrissenheit kann, so behauptet Dreyfus, nur gelöst werden, indem wir weniger selbstbezogen leben. Indem wir erkennen, dass wir nicht unabhängig von anderen Menschen sind, sondern zutiefst mit ihnen verbunden. Und zwar sind wir auf vielfachen Ebenen verbunden und abhängig – emotional, in unseren Ansichten, in unserer Überlebensfähigkeit. Wir sind dabei weniger mit einer abstrakten

Menschheit, als konkret mit den Menschen, zu denen wir Kontakt haben, verbunden.

Damit wir das alles *erkennen*, nicht nur verstehen, sondern auch daran glauben und es fühlen, müssen wir lieben, wofür uns mindestens einmal jemand mit Liebe begegnet sein muss. Anfangs lieben wir typischerweise nur eine Person ungekünstelt und vollkommen. Durch diese Liebe geweckt, sollen wir dann möglichst allen Menschen um uns herum mit Liebe begegnen, wodurch wir das Band der Verbundenheit stärken. Menschen, die unsere Liebe nicht ernst nehmen oder ausnutzen, sollten wir meiden. Unsere Liebe sollte selbstlos sein. Dreyfus bringt hier den Begriff der *Agape*, der göttlichen und uneigennützigen, gebenden Liebe, ins Spiel, als Abgrenzung zu *Eros*, der verlangenden Liebe.

Haben wir erstmal unsere Vorstellung vom alleinstehenden Ich, und unsere damit zusammenhängende Selbstzentriertheit überwunden, hätten wir auch weniger eigene Bedürfnisse. Stattdessen würden wir dann versuchen unseren leidenden Mitmenschen zu helfen.

Der Willenskonflikt löst sich auf, weil wir, geleitet von unserer uneigennützigen Liebe und der Erkenntnis der Verbundenheit mit anderen, nichts mehr verlangten, was anderen Leid zufügen würde. Damit würden wir immer unserem neuen Selbstanspruch genügen, wobei die Konzentration auf andere und die Verbundenheit mit ihnen uns davon abhält, selbstgefällig zu werden. Ich denke unsere grundlegenden Triebe sind dann zwar nicht völlig erloschen, aber zumindest weit weniger dringlich, sodass sie ausgeübt oder ignoriert werden können, ohne uns oder anderen Leid zuzufügen.

An manchen Stellen habe ich Dreyfus nicht ganz verstanden und ihn so interpretiert, wie es für mich Sinn machte. An anderen Stellen, wo ich Fragen hatte oder mir die Theorie lückenhaft schien, habe ich versucht, sie selbst zu beantworten. Aber insgesamt bin ich, glaube ich, dennoch mit meiner komprimierten Kurzfassung recht nah an seiner Interpretation Dostojewskis dran.

Ich nehme besagten Widerspruch selbst öfters in mir wahr, allerdings nicht ganz so extrem, wie dargestellt. Ich glaube aber, man könnte die meisten inneren Konflikte in dieses binäre Schema einordnen. Vielleicht wäre die Brisanz des Widerspruchs dann klarer und man würde eher versuchen, ihn zu überwinden. Das heißt nicht *man*, sondern *ich*.

Aber attraktiver sind für mich eigentlich die Pull-Faktoren dieses Weges: die erfüllenden Gefühle der uneigennützigen Liebe und der Verbundenheit.

Meistens handle ich aber trotzdem egoistisch, wodurch sich wohl leider meine Bedürfnisse reproduzieren und vervielfältigen. Und auch wenn ich immer wieder mit dem Gedanken spiele, entschlossen den Weg hin zu Agape zu gehen, so drängt es mich doch zuallererst zur romantischen Liebe. Ich verlange nach ihr, aber ich will in ihr nicht nur nehmen, sondern auch geben. Und vielleicht bringt mich diese Liebe auch auf den Weg zur Uneigennützigkeit, zur Auflösung des grundlegenden Widerspruchs. Ich hoffe es. Ich hoffe, dass die Wege, die sich jetzt trennen, sich später wieder vereinen.

Jedenfalls bin ich froh, das Konzept und meine Gedanken dazu mal aufgeschrieben zu haben. Das macht es doch übersichtlicher, als wenn es nur lose bei mir im Kopf rumschwirrt.

Um dich, mein lieber imaginärer Leser, völlig zu verwirren, erzähle ich jetzt noch von Dostojewskis Buch „Ein grüner Junge". In dem Buch schildert ein junger Mann rückblickend die Ereignisse, nachdem er von seinen Verwandten in Moskau nach Petersburg umgezogen ist und dort zum ersten Mal in seinem Leben mit seinen Eltern und seiner Schwester zusammenlebt. Es ist ein großartiges Buch und hat mich zum Aufschreiben meiner Geschichte inspiriert. Mich parallel zu jenem Erzähler zu sehen, wäre allerdings keineswegs schmeichelhaft. Schließlich ist dieser besessen von einer mäßig originellen Idee und er versucht sich, als bescheiden darzustellen, während sein Stolz ihn beherrscht.
Übrigens, sollte wirklich jemand meine Aufzeichnungen hier lesen, so rate ich dazu, doch lieber Dostojewskis Buch zu lesen. Vielleicht ist es dafür aber auch schon zu spät und Sie können sich nicht mehr lösen aus meiner Geschichte. Aber ich bitte

Sie, lesen Sie es nicht zu Ende, nur um es abgeschlossen zu haben. Sollten Sie merken, dass dies ihre alleinige Motivation ist, brechen Sie jetzt ab! Ich garantiere für nichts.

Ach, warum rede ich bloß so viel drumherum? Ich brauche scheinbar noch Zeit, auch wenn ich nicht genau sagen kann, warum das, was jetzt kommen müsste, schmerzhaft wäre. Weil ich befürchte, dass es mich sehnsüchtig macht? Weil es Hoffnungen auffrischt, die dazu verdammt sind, enttäuscht zu werden? Ist Sehnsucht vielleicht nichts anderes als Hoffnung und Enttäuschung in einem?

10

Ich wusste nicht, wie ich mit Mia umgehen sollte. Schließlich wohnten wir zusammen und was, wenn sie mich nicht so mochte wie ich sie? Oder was, wenn wir merkten, dass eine Beziehung doch nicht das ist, was wir wollten? Dann wäre es bestimmt so weird zusammenzuleben, dass jemand von uns ausziehen müsste. Und sie wohnte hier schon länger, sodass ich wohl dieser Jemand wäre.

Ah! So viel Spekulation und so viel Verkopftheit! Wenn ich sie wirklich mochte, sollte ich auf das Risiko scheißen! Aber ich mochte sie wirklich und gerade deswegen quälte mich der Gedanke des Abgewiesenwerdens.

Ich versuchte, langsame Schritte zu gehen, mehr Zeit mit ihr zu verbringen. Es würde schon ein geeigneter Moment kommen, um sie in die Arme zu nehmen oder ihre Hand zu nehmen oder – es brannte in mir, wenn ich daran dachte – sie zu küssen. Und Chancen kamen, doch ich war zu aufgeregt, vielleicht auch zu feige, und ich vertagte es wieder und wieder.

Schließlich, eines Abends, wir wollten einen Film zusammen gucken und saßen auf ihrem zum Sofa umfunktionierten Bett, fragte sie mich, warum ich eigentlich so viel Zeit mit ihr verbrächte. Ich stammelte, nach einem raschen Blick in ihr vielsagendes Gesicht: „Weil, also, ich finde dich sehr sympathisch und..." Ich rang nach Worten. Jetzt *mussten* sie kommen. Sonst würde sie bestimmt denken, ich wollte nur mit ihr befreundet sein oder dass ich zu schwach wäre, um ihrer Liebe würdig zu sein, oder noch Schlimmeres. Doch mein Herz warf sich mir gegen die Brust, als wollte es fliehen, wohlwissend, dass egal was jetzt kam, es dies nicht verkraften könnte. Jetzt würde sich alles entscheiden. Ich schaffte es nur gerade so, ihr ins Gesicht zu schauen. Mein Blick musste gezeichnet von meinem inneren Kampf sein. Sie lächelte mich ernst an und nahm meine Hand in ihre. Hätte ich in ihrem Gesicht auch nur den Anflug von Spott gefunden, hätte ich sie bestimmt gehasst. Ich lächelte schüchtern zurück. Immer wieder guckte ich ihr für einen kurzen Moment in die lieben Augen, bis ich es nicht mehr aushielt.

Natürlich hatte ich vorher schon Frauen berührt, die ich gernhatte. Es waren zwar nur zwei und das letzte Mal, dass ich mit meiner Ex geschlafen hatte, war mindestens 2 Jahre her, aber mit ihnen fiel es mir leichter. Ich war auch ziemlich aufgeregt, aber nicht völlig von der Rolle.

Jetzt, als ich die Verbindung unserer Hände spürte und in ihren Augen forschte, war ich so erregt, körperlich, geistig, auf jede Weise, auch voll Hoffnung, weil *sie meine* Hand genommen hatte, ich wollte sie küssen, aber es ging nicht, ich fiel ihr in die Arme, sie drückte mich an sich und wir sanken zusammen aufs Bett.

Der Leser denkt jetzt vielleicht, ich wäre "nicht Manns genug" gewesen, weil er ein zweifelhaftes Idealbild von Männern hat. Doch auch innerhalb dieser bemitleidenswerten Sichtweise – ich kann mir nicht vorstellen, dass irgendjemand, der so erregt, so angespannt und so verliebt war wie ich in dem Moment, dass der Gedanke an einen Kuss das Gehirn komplett zum Schmelzen bringt, dass dieser Jemand mutiger oder handlungsfähiger gewesen wäre. Es

87

war nicht in erster Linie das Schöne, was in meiner Vorstellung den Kuss ausmachte, sondern vor allem die Ahnung des Erhabenen, welche mich erstarren ließ. Die Überzeugung, dass es schrecklich schön sein würde, sie zu küssen. Dass es eine Leidenschaft ungeheuren Ausmaßes entfachen müsste. Und dabei die Gewissheit, dass ich mir gar nicht vorstellen könnte, wie gewaltig es wirklich sein würde.

Nachdem wir einige Minuten eng umschlungen dagelegen hatten und ich langsam meine Knie spürte, rückten wir voneinander ab, sie legte ihre Hand sanft an meinen Hals, ich neigte mich vor und wir küssten uns.

Das alles ist übrigens ziemlich kitschig und wurde schon tausendmal geschrieben, aber ich will mir diese Erinnerung bewahren und sie in mein Entscheiden miteinfließen lassen. Sie soll mir nicht den Weg aus dem Labyrinth führen wie der rote Ariadnefaden, denn ich wage nicht zu glauben, dass es ein Außerhalb gibt, das heißt, vielleicht gibt es eins, wenn ich an Hermine oder Dreyfus denke. Aber sie soll mir wie eine altbekannte Blume, die hin und

wieder meinen Wegesrand säumt, ein Besinnen er-
möglichen oder zumindest einen dankbaren und
glücklichen Moment.

Will ich dieses Glück, diese Liebe, die sich da an-
kündigte, wieder anstreben? Kann ich noch oder
wieder an sie glauben?

11

Beim Reflektieren über das letzte halbe Jahr fallen mir meistens leider nur kurze Erinnerungsepisoden – einzelne Szenen oder Gespräche – ein und oft kann ich diese nur vage zeitlich einordnen.

Hinzu kommt, dass meine Erinnerungen sich mit jedem Erinnern verändern. Der Prozess des Wiederabrufens der Information beeinflusst die Information. Also wenn ich gerade etwas über romantische Liebe gelesen habe und optimistisch gestimmt bin, ist es wahrscheinlich, dass ich mich an meine Beziehung mit Mia als gutes Beispiel für eine Liebesbeziehung erinnere. Übrigens glaube ich, dass es allen so geht. Je nach Situation, in welcher wir uns befinden, ordnen wir unsere Erinnerungen neu ein und bewerten sie anders. Eine Fehlerquelle, die dabei wirkt, ist zum Beispiel, dass sich unsere Ideale über die Zeit verändern, und wir unsere Erinnerungen unbewusst anpassen, sodass wir den immer neuen Idealen besser entsprechen.

Oder auch umgekehrt, wenn jemand zur Zeit seines Erinnerns große Schuldgefühle hat oder sich Selbstvorwürfe macht, kann es passieren, dass er sich durch das Licht seiner Situation als verantwortlich wahrnimmt für Dinge, die von ihm vorher als fremdverschuldet eingeordnet wurden.

Allerdings ist das alles weder neu noch kontrovers.

Würde ich jetzt also genaue Zeitangaben machen oder haarklein tagelange Handlungsabläufe schildern, verstärkte ich damit unnötig die Illusion der exakten Erinnerung. Tatsächlich mache ich das trotzdem noch viel, indem ich Lücken in Gesprächen fülle mit dem, was die Personen meines Erachtens gesagt haben könnten. Doch ich brauche diese Einheiten von Szenen, um überhaupt reflektieren zu können. Auch wenn die Basis für meine Reflexionen also nicht ganz den faktischen Geschehnissen entspricht, habe ich das Gefühl, dass sie fruchtbar sind, da ich mir klarer werde, wie ich zu gewissen Personen und Geschehnissen – das heißt, strenggenommen, wie ich zu meinen *derzeitigen Vorstellungen* von diesen Personen und Geschehnissen – stehe.

Zudem kann man ja auch über komplett ausgedachte Geschichten reflektieren und dabei von den neuen Perspektiven profitieren.

Apropos Erinnerungen: Hubert Dreyfus stellt in seiner Interpretation von „Die Brüder Karamasow" die bemerkenswerte Sichtweise heraus, dass bloß die meisten Erinnerungen mit jedem Abrufen neu eingeordnet und betrachtet werden. Einzelne wenige Erlebnisse haben sich uns aber dermaßen eingeprägt, dass unsere Sicht auf sie unverändert bleibt. Diese konstanten Erinnerungen werden unsere Parameter, um die übrigen und neu dazukommenden Erinnerungen zu bewerten und einzuordnen. Solch eine Erinnerung nennt er eine „Unendlichkeit in der Endlichkeit", da sie über unser ganzes endliches Leben nicht aufhört, unverändert zu existieren.

Ich weiß nicht, inwiefern ich es beeinflussen kann, aber ich hoffe, meine Erinnerung an den ersten Kuss mit Mia stellt sich mit der Zeit als eine solche Erinnerung heraus, und wird in dem Sinne immer wieder meinen Weg säumen.

12

An jenem Freitagabend beehrte Luise unsere Wohn-
zimmergesellschaft. Wir saßen, wie so häufig, bei
Bier und Wein in kleinen Grüppchen zusammen. Luise erzählte, sie habe heute in ihrem Psychologie-
Projekt irgendeinen Schritt abgeschlossen, an dem
sie lange gearbeitet hatte. Jetzt war sie anscheinend
in der Laune andere zu therapieren. Oder wohlwol-
lender ausgedrückt: sie gab ungefragt psychologi-
sche Tipps, wie man zufriedener werden kann.
Ich war allerdings ziemlich müde an dem Abend. Im
Seniorenheim waren mehrere Pflegerinnen krank,
sodass ich länger arbeiten musste. Daher konnte ich
mit ihrem Plädoyer für mehr Dankbarkeit und bewusstes Wertschätzen nicht viel anfangen. Ich wollte
eigentlich nur entspannt nen Bierchen trinken und
mich leicht unterhalten, bevor ich ins Bett ging. Aber
Sharon, die mit uns in der Runde saß, fand es wohl
sehr spannend und ich war nicht motiviert genug,
aufzustehen, und mich in ein anderes Gespräch ein-
zuklinken. Ein paar Wochen später sprach ich mit

Luise nochmal im Flur über Dankbarkeit und sie überzeugte mich, hin und wieder aufzuschreiben, wofür ich dankbar bin. Dadurch macht man sich die positiven Dinge im Leben bewusster und wird optimistischer oder wie sie meinte: „realistischer", denn unser Gehirn merkt sich eher die negativen Sachen – Probleme, Sorgen und so weiter. Insofern kann jene Schreibübung zu einer ausgeglicheneren Sichtweise führen. Für den Moment hat mir das immer gutgetan – könnte ich eigentlich mal wieder machen.

Irgendwann ging Luise auf die Toilette und ich fand mich im Smalltalk mit Sharon wieder. Ich weiß ehrlich gesagt nicht mehr genau, worüber wir redeten, vielleicht über das WG-Leben, jedenfalls fragte sie mich bald, ob ich Oskar gekannt hätte.

„Oskar?", entgegnete ich müde.

„Welcher Oskar?"

Sie guckte mich erstaunt an. „Na, dein Vormieter, der sich … du weißt schon, der sich hier umgebracht hat."

„…"

Die Bedeutung ihrer Worte kam nur langsam bei mir an, doch dann durchfuhr sie mich wie ein elektrischer Schlag. Hätte ich in dem Moment was getrunken, hätte ich mich zweifellos verschluckt. Ich starrte in ihr jetzt verunsichertes Gesicht.

„Hat dir denn niemand davon erzählt?", fragte sie, darum bemüht, ihre Ordnung wieder in Ordnung zu bringen. Ich durchstreifte mit meinen Augen den Raum, auf der Suche nach meinen Mitbewohnern, und fand Mia, die sich schnell abwandte, als sie meinen Blick sah. Sie stand in der gegenüberliegenden Zimmerecke in einer Dreiergruppe.

Sharon wandte sich an Josh, welcher in der Nähe saß und seinem ebenfalls ausweichenden Blick nach zu urteilen unser Gespräch mitbekommen hatte.

„Josh…" Sharon berührte ihn an der Schulter. Er drehte sich zu uns um, guckte direkt mich an und sagte prompt: „Ich dachte es hätte dir jemand erzählt. Wir hatten auch alle nicht viel mit ihm zu tun. Jan gabelte ihn irgendwo auf, als ein Zimmer frei wurde, aber dass er ihn *kennt*, bezweifle ich. Naja, Oskar hat sich auch ziemlich abgesondert – nicht nur von uns."

Er redete, als wäre es keine große Sache, wartete nicht ab, wie ich auf seine Worte reagieren würde, sondern wandte sich dem Tisch zu, nahm einen Schluck aus seinem Pils und knibbelte dann an dem Etikett rum. Sharon guckte mich mit einer Mischung aus Ungläubigkeit und Mitgefühl an. Sie wollte scheinbar etwas sagen, wusste aber nicht was. Gerade noch fähig zu verstehen, dass mich die Gesellschaft anderer jetzt nur quälte und ich allein sein musste, stand ich auf, woraufhin mir kurz schwarz vor Augen wurde. Als ich das Wohnzimmer einige Augenblicke später verließ, glaubte ich Mias und einige andere Blicke in meinem Rücken zu spüren.

Jetzt verstehe ich, dass es nicht nur der Suizid oder das Verschweigen war, was mich so schockierte, sondern zusätzlich noch die Implikation, die Bedeutung für meine Beziehung zu Mia und den anderen Mitbewohnern.

Unfähig zu denken, lief ich die Treppe hinunter, zwei, drei Stufen auf einmal nehmend. Draußen begrüßte mich schweigend die frische Nacht. Planlos lief ich ein paar Meter die Straße hinab, undeutliche

Bilder und Gedankenfetzen stiegen in mir auf, eine Gestalt an einem Strick, ihr Gesicht – nicht für mich zu fassen; warum hatte keiner gesagt, wie er sich umgebracht hatte; Mias Gesicht, dass sich abwandte; warum hatte sie mir nichts gesagt; fand sie es nicht wichtig genug?! Und Jan? War er schuld?! Hätte er sich mehr um Oskar kümmern müssen?

Ich kam an einen leeren Spielplatz. In der Dunkelheit – plötzlich ohne spielende Kinder, ohne hoffnungsvolles Leben – schien er mein Inneres widerzuspiegeln. Ich starrte wohl einige Minuten lang auf eine rote Plastikschaukel, die sich leicht im Wind wiegte, dann ging ich weiter. Hatte Mia mich betrogen? Indem sie geschwiegen hatte, hatte sie mir nicht vertraut. Ich fühlte mich dämlich, ausgelacht, wie ein Kind, das etwas zu ernst nimmt. Ein Kind, das weint, wenn es erfährt, dass das Fleisch, welches es isst, von Kühen und Schweinen kommt, welche es auf Bauernhöfen gesehen hat.

Aber wenigstens fühle ich etwas, dachte ich. Ich bog um eine Ecke und ging wieder in Richtung Wohnung. Aber die anderen fühlten doch auch was. Es musste Gründe geben, warum sie nicht darüber sprachen. Vielleicht konnten sie es nicht. Vielleicht hatten sie die Erinnerung an Oskar kollektiv verdrängt.

Aber Jan – warum hatte er mir nichts gesagt? Dachte er, ich würde dann nicht mehr einziehen wollen? Hatte er mich nur gefragt, weil sonst niemand einziehen wollte? So wie er Oskar gefragt hatte?

Jetzt erinnerte ich mich an einen der Dementen aus dem Altersheim, einen, dem man nicht mehr alles erklärte, da er es wohl sowieso nicht verstehen würde.

Als ich ankam, merkte ich erst wie erschöpft ich war. Der Grasstreifen vor dem Haus sah auf einmal sehr verführerisch aus. Ich stellte mir vor, wie ich mich darauflegte und sofort einschlief. Doch dann entdeckte mich jemand in meiner Fantasie und ich entschied mich dagegen. Ich wollte allein sein. Ich quälte mich die vielen Stufen hoch, traf auf der Treppe einen Bekannten, der sich verabschiedete, nickte nur und vermied Blickkontakt. Ohne weitere Begegnungen erreichte ich mein Bett und sackte darauf zusammen.

Ich kann mich fast immer an meine Träume erinnern, was angeblich heißt, dass ich einen unruhigen Schlaf habe. In der folgenden Nacht hatte ich einen sehr symbolischen Traum, welchen ich mir notierte. Ich dachte länger über den Traum nach, in der Hoffnung, er würde mir etwas über mich offenbaren, zum Beispiel, was ich von dem Tod des Vorbesitzers meines Bettes halte. Der Traum war sehr vieldeutig, aber tatsächlich hatte mir die Beschäftigung mit ihm gerade deshalb geholfen, klarer zu verstehen, wo ich in Bezug auf die gestrigen Neuigkeiten stand. Ich kam also näher dran, sagen zu können, was bedrückt mich, was hätte ich gerne und auch, was verstehe ich noch nicht. Sprich: Es hat mir geholfen, das Problem besser zu fassen. Ich bin überzeugt, wäre der Traum eindeutig gewesen, hätte er bloß Offensichtliches darstellen können, was mich kaum weitergebracht hätte. Es kommt, glaube ich, auch gar nicht so darauf an, was der vieldeutige Traum darstellt, solange er mit mir verbunden ist, ich also überlegen muss, wie kann ich mich mit ihm identifizieren oder wie muss ich ihn interpretieren, dass er für mich Sinn macht.

Während diesem Interpretationsprozess versuchte ich ihn mit den jüngsten Ereignissen in Beziehung zu setzen.

Ich war in der Nacht auf mehreren Partys, mit ziemlich druffen Leuten – wahrscheinlich auf Ecstasy, Speed… gerne wäre ich einer Frau auf der Party nähergekommen, doch sie gefielen mir alle nicht so; die Stadt erinnerte an Berlin, mein Cousin war auch da; irgendwann lagen wir zu mehreren angezogen aufeinander auf einem Dach im Dreck – ich ekelte mich etwas vor den anderen und wohl auch ein bisschen vor mir; zwei Kühe standen am Rand eines Flusses im Wasser, Jan daneben; einer Kuh hatte ich die Zunge rausgenommen; während die heile Kuh sich bewegte und mit dem Oberkörper über Wasser war, stand die Kuh ohne Zunge reglos unter Wasser, da der Spiegel bei ihr etwa 1 Meter höher war; auch wenn Jan unbekümmert schien, war ich sehr besorgt um die Kuh; später legte ich ihr die Zunge wieder ein; ich wunderte mich, dass sie trotzdem nicht sprach.

Ich habe mich jetzt nochmal mit dem Traum beschäftigt und dafür angenommen, ich hätte ihn letzte Nacht geträumt. Etwas ist auch dabei herausgekommen, aber insgesamt war es nicht sehr erfolgreich, weil ich mich nicht so angestrengt habe, ihn auf meine jetzigen Probleme zu beziehen, da diese mir glücklicherweise gerade nicht derart ihm Nacken sitzen, dass ich mich intensiv mit ihnen beschäftigen muss. Und das, was ich interpretiert habe, schreibe ich bewusst nicht auf, damit ich, wenn ich den Traum nochmal lese, diesen unvoreingenommen deuten kann.

13

„ich drücke auf die stoppuhr

sie zeigt null

immer null

ich öffne mein buch

leere seiten

immer leere seiten

ich versuche die metapher zu verstehen

da ist etwas

was ist da?"

Oskar

In den nächsten Tagen versuchte ich, den anderen aus dem Weg zu gehen. Wollte ich in die Küche, horchte ich zuerst, ob denn auch niemand anders dort war, und ich übernahm sogar noch zwei zusätzliche

Schichten in der Seniorenresidenz, um einen Grund zu haben, nicht zu Hause zu sein.

Als ich ein bisschen besser auf die ganze Geschichte klarkam, wurde mir bewusst, dass „Furcht und Zittern", Kierkegaards Buch, wohl Oskar gehört haben musste. Mir drängte sich sofort der Verdacht auf, dass der emotional-schwermütige, teils fatalistische Ton Oskar noch deprimierter gemacht haben musste. Doch als ich weiter darüber nachdachte, schien mir das nicht mehr sicher. Mir hilft ja auch traurige Musik, wenn ich nen schlechten Tag habe – wahrscheinlich weil ich mich dann verstanden fühle, und es mir so hilft, meine Traurigkeit zu akzeptieren. Aber vielleicht ist das bei jemandem mit Suizidgedanken auch ganz anders.

Wahrscheinlich hat er mit seinen starken, drängenden Problemen das Buch auch besser verstanden als ich. Das würde heißen, er konnte sich besser einfühlen in den Text, und möglicherweise hat er sogar wie der Autor die Tragik gespürt, dass er nur den Schritt zur „unendlichen Resignation" nicht aber den „Sprung zum Glauben" machen konnte. Vielleicht war er auf der Suche nach einem Sinn hinter seiner Traurigkeit und hat ihn dort gefunden.

Aber das waren alles Spekulationen. Ich hätte gerne mehr über ihn erfahren, kannte aber niemanden außerhalb der WG, der Oskar gekannt hatte, und mit meinen Mitbewohnern wollte ich noch nicht darüber reden, zumindest solange sie nicht selbst davon anfingen.

Der Lichtmangel, welchen man in meinem Zimmer unausweichlich erleidet, wird ihn hingegen garantiert negativ beeinflusst haben. Vielleicht auch das soziale Klima in der WG? Nein. Ich muss wieder aufhören die Dinge durch diese Brille zusehen.

Zu jener Zeit, in welcher ich viel alleine war, habe ich mir besonders häufig Diskussionen im Kopf ausgedacht. Meistens war ich dabei in einem angenehmen Zustand des leichten Delirierens. Wie etwa unter der kuschligen Bettdecke, während ich auf den Schlaf wartete oder unter dem warmen Regen der Dusche. Das ging dann zum Beispiel so:

Jan: „Nachdem ich jetzt endlich auch meine Bassklarinette abbezahlt hab, fühle ich mich, als hätte ich eine Line Freiheit gezogen."

Das war ein Satz, welchen er einst zu mir gesagt hatte, und auf den ich damals nichts Schlagfertiges erwidern konnte. Der Schauplatz wechselt, wir sind jetzt auf der Bühne meiner Vorstellung; das Publikum ist mein Ego.

Ich: „Und wie viel haben dich deine beiden Instrumente zusammen gekostet?"

Er: „So um die drei-fünf"

Ich: „Für 3000€ kann man auch schon ein Menschenleben retten. Das heißt, nicht bloß für den Moment, das würde ja theoretisch nur ein paar Cent kosten, wenn man jemandem, der vor dem Hungertod steht, was zu essen kauft beziehungsweise Geld an eine Organisation spendet, die das macht. Nein, für das *ganze* Leben. Solange bis die Person, statistisch gesehen, eines natürlichen Todes sterben würde. Deine Ausgaben für Luxusgüter haben jemandem die Mittel verwehrt, die er zum Leben brauchte. Das war also unterlassene Hilfeleistung, die zum Tod geführt hat."

Häufig brachte ich in Vorstellungen wie dieser eine frisch gelernte Information ein, welche beeindruckend klang und mich überlegen erscheinen ließ. Diese konkreten Zahlen stammen vom Effektiven Altruismus. Da hat mal jemand errechnet, dass wenn man sein Geld dorthin spendet, wo es am effektivsten jemanden retten kann, dies nur 3000€ (oder waren es sogar nur Dollar?) kosten würde.

Aber warum erdachte ich diese Szenen? Wollte ich ständig überlegen sein? Hatte ich einen Überlegenheitskomplex? Oder war mein Unbewusstes vielleicht der Meinung, ich sei zu oft unterlegen und wollte das bloß ausgleichen? Ja. Wohl eher das. Zumindest in der Beziehung zu Jan.

Ich erwische mich manchmal, wie ich vom Ruhm tagträume. Am liebsten stelle ich mir mich als Gallionsfigur einer sozialen Bewegung, als Vorzeigeaktivist, als Schrecken des Establishments und des rechten Deutschlands vor. Aber eigentlich will ich, zumindest auf der bewussten Ebene, eine gemeinschaftliche Bewegung ohne groß Hierarchie. Mir ist oft sogar schon unangenehm, wenn ich anderen weit überlegen oder unterlegen bin. Fantasien, die wir uns ausmalen, stehen wohl meistens im Widerspruch zu anderen Wünschen von uns. Und sollten sie sich erfüllen, merken wir schnell, wie anders wir es uns doch erhofft hatten – vor allem emotional anders.

Meine erdachten Diskussionen sind wohl einfach eine Art von Träumen und ich muss aufpassen, dass ich sie nicht unhinterfragt als Wegweiser nutze, denn der wirkliche Ort ist nicht mit dem Namen auf dem Schild zu vergleichen.

Ich tendiere, der wachsame Leser wird es schon gemerkt haben, zur Selbstbeobachtung. Dass ich hier meine Erinnerungen und Gedanken aufschreibe, soll ja auch der Selbstreflexion dienen. Genauer: Es soll mir helfen, Geschehenes zu ordnen, zu verstehen und dringende Entscheidungen zu treffen. Doch zu viel Selbstreflexion und Beobachtung kann qualvoll sein und einen daran hindern, Entscheidungen zu treffen. Wir sind dann verkopft, grübeln oder machen uns zu viel Sorgen. Zu wenig kann dazu führen, dass wir nicht aus Fehlern lernen, unbewusste oder nicht authentische Entscheidungen treffen und uns schlechter selbst kennen. Doch welches ist das richtige Maß?

Ich denke das kommt auf die Aktivität, aber auch auf die jeweilige Situation an. Beim Sex ist in der Regel weniger Selbstreflexion angebracht als beim Schreiben, und beim Tonleiter üben mehr als beim Jammen. Mit dem retrospektiven Überdenken, welches nach Abschluss der Situation stattfindet, kann man sich zwar auch quälen, doch macht es zumindest keinen gemeinsamen Moment kaputt.

Aber zurück zu mir. Sollte ich mit dem Schreiben aufhören? Es ist schwierig, einerseits hilft es mir, Gedanken aus meinem Kopf zu bekommen, fast so wie Dumbledore, der Erinnerungen aus seinem Kopf zieht, wenn sie ihm zu viel werden, und sie in seinem „Denkarium" verwahrt. Andererseits lese ich mir mein Geschriebenes auch nochmal durch und verfestige damit Gedanken und stricke sie weiter.

Aber dieses Weiterstricken und Arbeiten mit den Gedanken – wird mir jetzt beim Weiterstricken klar – ist nützlich, zumindest solange es systematisch und nicht grübelnd oder kreisförmig vonstattengeht. Es kann mir helfen, herauszufinden, was ich will, und macht von Zeit zu Zeit sogar Spaß.

Eine Gefahr bleibt, dass ich mir meine Notizen später wieder durchlesen könnte, und dadurch zurück in den Strudel der Sorgen und Zweifel falle. Ich darf sie also eigentlich nur lesen, wenn ich meine, entschlossen und konzentriert genug zu sein, um mich gegebenenfalls mithilfe des Stifts in ruhigere Gewässer flüchten zu können.

Ich hoffe der Leser verzeiht mir meine ausufernde Metaphorik. Anfangs hatte ich vor, klar und ohne Schnörkel zu schreiben, doch diese sprachlichen Bilder bringen neue Perspektiven auf meine Gedanken und erfrischen mich durch Abwechslung.

Mia und ich lagen aneinander gekuschelt auf ihrem Bett (meins war zu klein), mit den Rücken am Holzende angelehnt. Es war abends, etwa eine Woche nach dem Vorfall. Wir hatten uns unterhalten, schwiegen jetzt aber schon eine Weile, und jeder ging seinen eigenen Gedanken nach. Ich überwand meinen Widerwillen, die Harmonie zu zerstören, schaute ihr in die Augen, wartete bis sie meinen Blick erwiderte und fragte: „Kann ich dich was fragen? Warum hast du mir nicht von Oskar erzählt?"

Sie guckte mir noch einen Moment unverändert in die Augen, wandte ihren Blick dann leicht zur Seite und überlegte. Als sie fertig war, löste sie sich von mir und setzte sich in den Schneidersitz.

„Ich glaube, weil … weil mir klar wurde, dass Jan dir nichts gesagt hatte, und naja, ich wollte nicht der Anlass für Streit zwischen euch sein und auch diese Geschichte nicht wieder neu aufrollen." Ich wollte protestieren, doch sie war noch nicht fertig: „Aber ich verstehe jetzt, dass das feige von mir war. Du hast ein Recht darauf, aufgeklärt zu werden … immerhin wohnst du in seinem alten Zimmer – mit vielen seiner Möbel."

Ich schwieg, froh, dass sie ihr Versäumnis zugab, aber ich fühlte mich auch ein bisschen um meinen gerechtfertigten Protest geprellt. Es war gut, dass schon eine Woche vergangen war, und ich die noch übrige Wut im Zaum halten konnte.

„Also", sie holte tief Luft, „Oskar war, naja, er war ein Einzelgänger, aber anders als zum Beispiel Jan. Er hat früh seine Mutter verloren und hatte, soweit ich weiß, seit er hier wohnte, das heißt für knapp zwei Jahre, keinen Kontakt zu Verwandten. Und auch sonst hatte er keinen Besuch. Anfangs war er ein paar Mal im Wohnzimmer, bei Diskussionen dabei, doch nach einem Vorfall hörte er damit wieder auf. Selten mal konnte man unter vier Augen mit ihm reden, am ehesten, wenn man ihn zufällig in der Küche oder auf dem Flur traf. Er studierte was mit Geschichte und Literatur, meine ich, jedenfalls war er in einem Leseclub, was wohl den Großteil seines sozialen Umgangs ausmachte. Wenn man sich in seinem Zimmer allein mit ihm unterhielt, sprach er leidenschaftlich, aber auch sehr traurig – voller Weltschmerz. Spätestens nach ner halben Stunde schickte er einen aber wieder weg. Ich hatte das Gefühl in Gesellschaft zu sein, strengte ihn immer ziemlich an."

Sie machte eine Pause und fuhr dann in bewunderndem, fast schwärmerischem Ton fort:

„Wenn ich ihn über Bücher sprechen hörte, kam es mir manchmal vor, als würde mir selbst etwas fehlen, so eine hohe Sensibilität und Begeisterungsfähigkeit..." Sie brach ab und setzte sich wieder neben mich, vielleicht, um mir nicht mehr in die Augen schauen zu müssen. Nach einer kurzen Weile fing sie wieder an. Jetzt allerdings in einem anderen Ton.

„Die letzten Wochen vor seinem Tod ...; er wusch sich nur noch selten; sein langes schwarzes Haar lag lockig und zerzaust auf seinem Kopf, sein trüber Blick... ich hab versucht – und Luise auch ein paarmal – mit ihm zu sprechen, aber er wies uns ab, meinte, wir können ihm nicht helfen und... wir fanden ihn dann erst nach ein paar Tagen; keiner hatte ihn gesehen und Joshua, der im Zimmer gegenüber wohnt, meinte es roch komisch", sie schluchzte, „*nach altem Schweinefleisch*; daraufhin haben wir wie wild an seine Tür gehämmert – wir trauten uns dummerweise nicht, sie aufzubrechen, das hat dann der Rettungsdienst gemacht, nur um ihn tot auf seinem Bett zu finden… Er hatte wohl einen Mix aus verschiedenen Tabletten genommen, aber das erfuhren wir erst später."

Ich war überwältigt. Neben Oskars Tod kam mir mein Beleidigtsein unglaublich kleinlich vor und ich schämte mich dafür. Doch jetzt ging es nicht um mich, Mia war von der Erinnerung und dem Erzählen deutlich mitgenommen, ich legte ihr einen Arm um die Schulter und sie lehnte sich bei mir an.

Später an dem Abend erzählte sie mir, dass sie nach Oskars Tod Zeit für sich brauchte – ähnlich wie ich – und dass sie ihr Leben, ihre Beziehungen und Wünsche daraufhin grundlegend hinterfragt hätte. Außerdem erzählte sie mir, dass Jan Oskar als „Lebensverweigerer" bezeichnet hatte, und wie entsetzt sie darüber gewesen war. Mir schien es, als steckte da noch mehr dahinter, doch ich fragte nicht nach. Vielleicht hatte ich auch Angst vor der Antwort. Diese Nacht schlief ich jedenfalls bei Mia im Bett und ich war froh darüber, denn allein in Oskars altem Bett hätte ich wohl keinen Schlaf gefunden.

Die traurige und nachdenkliche Stimmung war am nächsten Abend wieder vorbei, doch Mia und ich schienen uns durch das Teilen ihrer Erfahrung nähergekommen zu sein und wir verbrachten noch mehr Zeit zusammen und waren auch eine Weile besonders liebenswürdig zueinander – wir massierten uns häufiger, machten uns mehr Komplimente, hatten mehr Sex und überraschten uns mit Essen. Das war eine richtig gute Zeit. Nach ein paar Wochen pendelte sich das aber wieder ein und wir waren nicht mehr ganz so fokussiert aufeinander, was wohl auch mal wieder nicht schlecht war.

14

Ein paar Wochen später – wir lagen wieder auf ihrem Bett, sie angelehnt am Kopfende und ich, mit dem Kopf auf den Ellbogen gestützt, hörte ihr zu.

„Da geh ich einmal ohne BH einkaufen und werde direkt von zig Kerlen angegafft! Andersrum gäbe es längst Gesetze, nein, es gibt ja längst Normen, die Frauen davon abhalten, leicht bekleidete Männer anzustarren – es will schließlich keine als Schlampe gelten oder irgendnen Creep auf sich aufmerksam machen!"

Ich legte die Hand vorn Mund und unterdrückte ein Gähnen.

„Ich glaube du hast noch nicht verstanden, wie wichtig Antisexismus für mich ist. Wärst du eine Frau, würdest du die Folgen des Patriarchats auch täglich spüren und müsstest dich damit beschäftigen. Sie sind wirklich überall. Als wir das erste Mal Sex hatten, war es eben auch klassische Penetration. Und das obwohl nur jede vierte Frau dabei kommt. Es geht immer um die Sicht der Männer. In Filmen hat fast immer ein heterosexueller, weißer Mann die Hauptrolle und es gibt kaum gute Vorbilder für Frauen." Ich richtete mich auf. „Spätestens wenn dir *eine* Frau wichtig ist, verlierst du das Privileg, dich nicht mit Sexismus beschäftigen zu müssen, denn *sie* leidet darunter. Männer haben natürlich auch Nachteile, durch die Geschlechterzwänge – es ist kein Nullsummenspiel – aber eben erheblich weniger."

Ich verstand, dass sie aufgebracht war, und nur deshalb so vehement auf mich einredete. Sie spürte an dem Tag anscheinend eine besondere Dringlichkeit, diese Missstände zu beseitigen und war selbst bereit, noch aktiver gegen Geschlechterungerechtigkeit zu kämpfen. Und dabei wollte sie mich auf ihrer Seite wissen. Daher redete sie emotionaler als sonst und verallgemeinerte ein bisschen zu sehr für meinen Geschmack. Ich hätte sie am liebsten umarmt, um ihr zu versichern, dass ich auf ihrer Seite war, und um die Harmonie schnellstmöglich wiederherzustellen. Doch das hätte vielleicht falsche Signale gesendet, das heißt sie hätte sich vielleicht nicht ernst genommen gefühlt. Übrigens spürte ich das damals eher, als dass ich es wörtlich verstand.

Ich schaute ihr in die Augen und sagte: „Du hast recht. Es fällt mir nur manchmal schwer, meine Erfahrungen nicht zu verallgemeinern und mir klarzumachen, dass Frauen täglich andere, krasser diskriminierende Erfahrungen machen."

Sie lächelte. „Ja, weniger zu verallgemeinern würde uns wohl allen ganz guttun."

Da hatte ich mal genau das Richtige gesagt.

Hm, diese letzte Episode aufzuschreiben, war, glaube ich, gar nicht so wichtig. Obwohl, vom Thema abzuschweifen, lässt mich Luft holen und ist daher vielleicht doch wichtig.

Die letzten Tage war ich wieder ziemlich überspannt, hab nichts geschafft, nur rumgehangen und mich geärgert. Ich dachte, das bringt doch alles nichts, wusste aber auch nicht, was ich statt dem Schreiben tun sollte. Ich hätte gerne jemanden zum Reden gehabt. Zurück in mein altes Umfeld wollte ich aber (noch) nicht. Im Altersheim hatte ich damals auch ziemlich abrupt aufgehört, sodass mein soziales Umfeld enorm geschrumpft ist. Ein paar Mal habe ich mit alten Freunden telefoniert, will die aber auch nicht überstrapazieren. Ich denke, bald geh ich vielleicht mal wieder feiern, und laber fremde Leute voll.

Gerade habe ich aber erstmal wieder in meinem Geschriebenen gelesen. Das hat mich beruhigt und bringt mich wieder auf meinen richtigen Kurs, glaube ich.

Mein Auszug aus der WG ist jetzt endlich mal mit dem Vermieter geklärt. Das hat mich ziemlich frustriert, weil es so lange gedauert hat, und ich befürchtet hatte, ich müsste für noch weitere Monate bezahlen, obwohl ich nicht mehr dort wohne.

Seit meinem Umzug in diese Stadt ist so viel passiert, ich kann gar nicht verstehen, wie Menschen, die ähnlich viel erleben, sich keine Ruhe zum Nachdenken nehmen. Naja, ich bin wohl etwas sensibler als die meisten und manchen fällt es vielleicht schwerer, sich ne Auszeit zu gönnen, weil sie zum

Beispiel Kinder haben. Aber ich glaube trotzdem, dass es fast allen mal guttun würde. Möglicherweise ist das nicht vereinbar mit der vorherrschenden, toxischen Arbeitsmoral oder die Leute leben einfach gerne so unbewusst vor sich hin, werfen sich in Geschehnisse und lassen sich als deren Spielball herumschleudern, bis sie sich selbst fremd geworden sind. Sie schwimmen nur mit dem Strom – aber der Strom ist eine Wildwasserbahn.

Ich hab schon wieder einige Tage nichts zu Papier gebracht. Draußen ist es trüb und windig. Trotzdem mache ich anscheinend lieber lange Spaziergänge, als weiterzuschreiben – besonders das was jetzt kommen müsste. Ich glaube, die letzten Abschnitte oder noch mehr habe ich auch nur geschrieben, um mich nicht mit dem Folgenden auseinandersetzen zu müssen. Aber immer noch, gerade in diesem Moment, prokrastiniere ich und komme nicht auf den Punkt. Los jetzt!

15

Es muss wohl im August gewesen sein. Ich lag träumend auf dem Bett; meine Gedanken verweilten für ein paar Momente hier, bevor sie nach da zogen und anschließend dorthin wanderten. Es war sehr angenehm und gemütlich – solange ich nur nicht den Drang verspürte, etwas tun zu müssen.

Plötzlich hörte ich eine Tür aufgehen und dann Stimmen auf dem Flur. Jan schien sich von einer Besucherin zu verabschieden. Obwohl er leicht gedämpft sprach, verstand ich ihn deutlich. Die andere Person hatte eine leisere, hohe Stimme und ich fing nur den Gesprächsfetzen „einer Mitbewohnerin" auf. Jan erwiderte ihr: „Ja, mit der einen hatte ich was für nen Monat oder zwei."

Auf einmal lag ich völlig still und starr da. Eine Kältewelle durchzog mich.

„Aber das bedeutete nichts. Wir haben gemerkt, dass wir Verschiedenes wollen, und haben es beendet."

Die Besucherin fragte etwas und Jan antwortete: „Sie war einfach zu moralisierend." Die Beiden beendeten leise das Gespräch und trennten sich mit einem Kuss.

„Mia! Es geht um Mia!", schoss es mir durch den Kopf, in welchem es wie wild hämmerte. Wut stieg in mir auf. Wer war das, dass Jan ihr das erzählte?! *Moralisierend*! Pah! Wenigstens hatte sie eine Moral! Wenigstens verleugnete sie nicht ihre Abhängigkeit von anderen! Dann wurde die Wut von einem anderen Gefühl verdrängt – eine Mischung aus Enttäuschung und Angst. Mia hatte mir wieder etwas verschwiegen. Hieß das, dass wir keine gemeinsame Zukunft hatten?! War es doch ernster gewesen zwischen den beiden? Oder war sie sich unsicher, ob sie noch was für ihn empfand? Mir fiel ein, dass sie sich häufig zwanghaft von ihm abzugrenzen versuchte – was hatte das zu bedeuten? … Ich durfte nicht mein Vertrauen zu ihr verlieren.

Ruckartig stand ich auf und ging zum Fenster, nur um direkt zum anderen Zimmerende zu laufen. Ich starrte auf meine Bücher. Das Buch „Ein Zimmer für sich allein", welches Mia mir geschenkt hatte, fiel in mein Blickfeld. Ging es ihr nur darum, mich zu politisieren, ihre Anschauungen zu verbreiten? Nein – ich schämte mich für den Gedanken. Das wäre zu lächerlich. Das etwa ging in meinem Kopf vor als plötzlich: *Klopf Klopf Klopf.* Ich zuckte zusammen. Mia?! Nein. Mia hatte heute Spätschicht im Frauenhaus. Jan?! Ich wollte mit niemandem reden, meine Gedanken… – ich musste mich beruhigen. Musste ich das wirklich? War meine Unruhe nicht angemessen? Hatte ich nicht das Recht dazu, verdammt nochmal wütend zu sein?! Es klopfte noch einmal, diesmal lauter. „Hey, bist du da? Ich brauch ne Mehrfachsteckdose." Josh/ne Mehrfachsteckdose. Ich riss meine aus der Wand, einen Stecker raus, die Tür auf. Josh stand mit schmierigem Grinsen vor mir, vielleicht dachte er, er hätte mich beim Masturbieren gestört, doch als er mein verzerrtes Gesicht sah, hörte er auf zu grinsen. Ich drückte ihm die Steckerleiste in die Hand, machte die Tür wieder zu und war froh, dass er sich damit zufriedengab, und nicht etwa falsches Interesse an mir vorschützte. Ich hörte ihn hinter seiner Zimmertür verschwinden und die Ablenkung war vorbei. Die Gedanken in meinem Kopf fingen wieder an zu kämpfen. Jeder von ihnen wollte mich am meisten treffen, wollte meine ungeteilte Aufmerksamkeit beanspruchen, worauf diese sich durchaus nicht einließ. Erschöpft ließ ich mich wieder aufs Bett sinken. Ich drehte mich auf die Seite. Die Gedanken spielten noch einige Zeit ihr grausames Spiel mit mir, bevor sie mich in einen unruhigen Halbschlaf entließen.

Ich ging die Straße unserer WG hinab, kam zum Haus unserer Wohnung, doch wo das Haus sein sollte, war nur eine große Fläche nackter Erde. Als hätte jemand das Haus abgebaut wie ein Zelt und fortgebracht. Furchtbar erschrocken klammerte ich mich an ein Verkehrsschild. Wo war mein Zuhause? Wo waren meine Freunde?

Ich fuhr hoch – die Angst noch in den Gliedern. Es war erst 20 vor 10. Um kurz nach würde *sie* von der Arbeit wiederkommen. Ich zog mir meine Schuhe an und ging aus dem Haus, um ihr nicht zu begegnen. Die Dunkelheit und die kühle Luft verfehlten ihren Zweck nicht. Langsam konnte ich ruhiger nachdenken.

Hatte ich überreagiert? War ich zu unsicher? Ich verfluchte meine Selbstzweifel. Ist es normal, dass man so etwas verschweigt? Ah, fuck off normal! Mia hätte es mir sagen müssen! Genau wie das mit Oskar. Nein, das hier war noch schlimmer. Warum hatte sie sich nicht getraut, mir davon zu erzählen? War sie mal mies hintergangen oder ausgenutzt worden? Wollte sie mich hintergehen? Nein. Das heißt, wahrscheinlich nicht. Sie wollte bestimmt wieder nur kein unangenehmes Gespräch führen. Aber schon wieder, schon wieder! Ich spürte Widerwillen. Mia entsprach nicht mehr meiner Vorstellung einer liebenden Person, doch das wollte ich nicht wahrhaben. Ohne auf den Weg zu achten, war ich wieder bei dem Spielplatz mit der roten Schaukel angekommen. Ich lächelte und drehte um. Der Anblick hatte meine Ordnung wieder einigermaßen hergestellt. Wahrscheinlich war das der Wiedererkennungseffekt, der mich wähnen ließ, ich hätte die gleiche Situation schonmal erlebt und unsere Beziehung hätte sie gut überstanden.

In der Wohnung angekommen, sah ich dass Mias Zimmertür jetzt geschlossen und ihr Licht aus war. Sie schlief wohl schon. Gut, ich wusste nämlich nicht, ob ich schon mit ihr sprechen konnte. Ich wollte es jedenfalls nicht.

Auch an den darauffolgenden Tagen brachte ich es nicht zur Sprache. Ich wollte den Frieden nicht stören und fand auch keinen passenden Augenblick. Im Nachhinein betrachtet hätte ich früher mit ihr darüber sprechen sollen. Dann hätten wir diese Schwierigkeit direkt gemeinsam angehen können und das Bewusstsein ihrer Lüge hätte sich nicht so sehr in mir festgesetzt und mich weniger gemartert.

Zwei Tage später traf ich Jan in der Küche. Keiner von uns grüßte. Da ich versuchte zu vermeiden, auf Mia wütend zu sein, konzentrierte sich meine angestaute Wut auf Jan. Er war gerade dabei, sich Abendessen zu kochen, und ich war auf der Suche nach nem Snack. Er briet sich ein Steak und Bratkartoffeln. Kurz zog vor meinem inneren Auge das Bild vorbei, wie ich seinen Kopf seitwärts in das heiße Öl drückte. Nicht dass ich das wirklich machen wollte, ich verabscheute Gewalt, aber die Vorstellung hatte trotzdem ihren Reiz. Im Kühlschrank fand ich nichts, was mir zusagte.

Jan sprach in Richtung Pfanne:

„Mm, die Lust auf Fleisch ist ja ein Zeichen für Potenz."

Er wusste natürlich, dass ich Vegetarier war. Eigentlich hatte ich nichts gegen solche kumpelhaften Neckereien, aber jetzt öffnete der Spruch ein Ventil für meine Aggression. Er hatte mit Mia geschlafen, mir nichts davon gesagt, und was fast das Schlimmste war: er hatte sie nicht zu schätzen gewusst. Die Gewaltfantasie tauchte noch einmal kurz in meinem Bewusstsein auf.

„Nur weil du keine Moral hast, musst du dich nicht über die anderer lustig machen!", konterte ich etwas zu laut. Er war einen Augenblick verdutzt und lachte dann auf:

„Gerade deshalb kann ich es und mache es auch, wenn ich will." Ich überlegte, was ich erwidern konnte, aber schon setzte er nach, vielleicht ahnte er, worum es mir wirklich ging: „Und was ist überhaupt mit deiner Integrität? Nur um Mia zu gefallen, machst du jetzt einen auf Feministen, oder was?"

Mein Kopf erhitzte sich. So eine schamlose Gemeinheit! Aber anstatt mich zu verteidigen, griff ich an, ich wollte ihn verletzen.

„Ha! Und du übst den halben Tag Geige, nur um dich beliebt zu machen und gelobt zu werden. *Jan kann voll gut Geige spielen. Oh Jan, bitte bitte spiel uns was vor.*", imitierte ich eine gemeinsame Bekannte von uns, wohlwissend, dass es Jan peinlich war, wenn man ihn derart lobte.

Sein Gesicht wurde ernst.

„Ich mache Musik, weil es *meine* Wahl ist, und für niemand anderen als mich selbst."

„Und ich finde Geschlechtergerechtigkeit wichtig, weil ich ein moralischer Mensch sein will, und wenn Mia das gefällt, dann umso besser!"

„Pah! Frauen wollen jemanden, der standhaft ist und sich nicht so leicht beeinflussen lässt."

„Erstens sind Frauen verschieden und zweitens meintest du doch mal, dass sich verändern und neu

127

erfinden das Wichtigste wäre im Leben. Wer stark ist, ist nämlich wandelbar und nicht starr in seinen Ansichten."

Er wandte sich wieder seinem Essen zu, welches fast angebrannt war, und schwieg. Ohne Snack, grimmig erregt, aber mit dem Gefühl, den Streit gewonnen zu haben, verließ ich die Küche.

16

Er sprach mit niemandem über Mias Schweigen. Es war ihm irgendwie peinlich. Selbst Hermine schaffte er nicht davon zu erzählen, was komisch war, denn sonst scheute er es nicht, mit ihr über seine privaten Probleme zu reden. Reden hieß hier, er erzählte und alle paar Minuten kam mal nen Satz von ihr.

Vielleicht dachte er unbewusst, es wäre seine Schuld, dass Mia ihm nicht alles anvertraute – dass er nicht gut genug wäre. Ob es das war oder er einfach Ablenkung brauchte, jedenfalls arbeitete er in diesen Tagen mehr an sich selbst. Vor allem konzentrierte er sich darauf, sich politisch besser zu informieren, las sich Artikel im Internet durch und wurde schließlich auch aktiv. Denn er fand, nur informieren und drüber quatschen bringt nur begrenzt was.

Auf den Partys beziehungsweise in den Gesprächsrunden, die im Wohnzimmer der WG regelmäßig stattfanden, ging es häufig um politische Themen. Oft wurden dabei Grundsatzdiskussionen geführt, wie die Frage nach der Effektivität von verschiedenen Aktivismusformen oder wie weit Aktivismus gehen darf. Diese Gespräche feuerten seine Motivation an, sich mehr damit auseinanderzusetzen, nicht nur damit er besser mitreden konnte, sondern um gemeinsam mit anderen etwas zu bewirken. Abgesehen davon, dass es ihm eine gewisse Befriedigung verschaffte, sah er politisches Handeln und das darüber diskutieren auch als einen Schritt in Richtung Uneigennützigkeit beziehungsweise Agape an. Jedenfalls war es ein Schritt weg vom reinen Egoismus.

Hm, ich hab das letzte Stück mal in der 3. Person geschrieben, um zu gucken, was das ändert. Schließlich bin ich ja nicht zweifelsfrei mit meinem vergangenem Ich identisch. Doch viel hat das nicht bewirkt, ich schaffe es immer noch kaum, mich von ihm abzugrenzen, und das will ich ja auch nicht unbedingt. Aber ich schiebe das Problem erstmal beiseite und schreibe wieder in der 1. Person.

17

An einem Freitagabend, ein paar Tage nachdem ich
unfreiwillig Jans Gespräch belauscht hatte, bei uns
im Wohnzimmer:

Josh: „Können wir nicht mal über was anderes reden? Dadurch dass wir immer über Politik reden, ändert sich doch auch nichts. Die Klimakatastrophen
kommen trotzdem und die Schere zwischen arm und
reich wird auch immer größer."

Bob: „Da muss ich dir widersprechen, es ändert sich
schon etwas. Wir werden uns der Probleme bewusster und können uns und Leute um uns herum beeinflussen."

Josh: „Aber das ist doch nichts. Es muss doch viel
mehr bewegt werden."

Bob: „Na du weißt doch, wir demonstrieren auch ab
und zu und zum Beispiel Giorgio – und Vera auch –
die helfen Streikenden, sich zu organisieren." Er
schien kurz zu zögern, dann fügte er hinzu: „Und für
bald ist auch wieder ne besondere Aktion geplant."

Josh: „Danke, kein Interesse, aber vielleicht ja mein lieber Mitbewohner hier." Er grinste mich an. Ich hatte bisher nur daneben gesessen und zugehört.

„Kommt darauf an", sagte ich, darauf bedacht cool zu klingen, „um was geht's?"

Bob: „Naja, du weißt schon, das alte Thema mit der Umwelt."

Er wollte offenbar hier nicht ganz offen sprechen, aber er gab mir seine Nummer und lud mich für die nächste Woche zu einem „Treffen" ein.

Das Treffen fand in der Wohnküche von Bobs Freund statt, welcher ihm den Schlüssel dalieb, wenn er längere Zeit weg war – er sollte sich um seine Pflanzen kümmern. Die Wohnung lag in einer etwas teureren Gegend, in der viele Familien mit Kindern wohnten. Es stellte sich heraus, dass Bob auch die anderen, an der Aktion beteiligten eingeladen hatte. In der sauberen und ordentlichen Küche saßen außer uns beiden Rose, welche Bob mit Rosalie vorgestellt hatte – sie war nach mir wohl die Jüngste im Raum –, François, ein kleiner, auffallend schöner Mann und zwei Endzwanziger im obligatorischen schwarz, mit freundlich-frechem Grinsen auf den Gesichtern, die mich an Fred und George erinnerten.

Die anderen waren mit dem Plan oder zumindest mit ihren Aufgaben schon vertraut, weshalb ich etwas früher gekommen war, damit Bob mit mir besprechen konnte, was ich machen könnte und ob ich dazu bereit wäre. Das Treffen mit den anderen war dann vor allem zum Kennenlernen gedacht, wobei die anderen untereinander bereits freundschaftlich vertraut schienen. Ich kannte bisher nur François von WG-Feten, aber hatte, glaube ich, auch Rose schonmal gesehen. Es waren alles ziemlich nette Menschen und nach kurzer Plauderrunde gingen wir den Plan dann nochmal in Gänze durch.

Wir wollten bei dem Konzernchef einer Elektrofirma – wir nannten ihn bei seinem Vornamen Bruce – Fakemüll im Vorgarten seiner Villa verteilen, zuerst Tonnen mit Giftmüllstickern bekleben, mit grüngefärbtem Wasser befüllen und dann auf seiner Veranda umschmeißen. Es wurde auch kurz diskutiert, ob wir echten Giftmüll nehmen sollten, aber so richtig zog das nur einer von uns in Erwägung – die Mehrzahl wollte niemanden gefährden und sich nicht auf die gleiche Stufe mit Bruce stellen.

George hatte ausgekundschaftet, dass der Herr Firmenchef mit seiner Frau am kommenden Wochenende in den Urlaub fuhr. Das war unsere Chance. Fred und ich waren die einzigen, die noch nicht aufgrund zivilen Ungehorsams vorbestraft waren, und so kam uns das größte Risiko zu. Da ich außerdem noch am wenigsten bekannt in der Gruppe war und solche Aktionen nur klappen, wenn alle voll dahinterstehen, sollte ich den Geländewagen von Bobs Großvater fahren, mit welchem die Fässer transportiert werden sollten – eines der wenigen Male, dass so ein Gefährt gut für die Umwelt sein würde. Sonntag würde ich damit zum Schrottplatz fahren, an welchem die anderen warteten, um mit mir die Fässer einzuladen. Zurück bei seinem Opa auf dem Hof würden wir die Fässer befüllen und das Wasser veredeln. Mit geklauten Nummernschildern würden dann Fred und ich Montag in aller Frühe zu besagtem Anwesen fahren, an welchem Rose schon die

Alarmanlage abgestellt haben würde, und die Fässer abladen. Dabei würde ich eine Kopfkamera tragen, um das Ganze zu dokumentieren und wir die Aktion später im Internet entsprechend geframet verbreiten könnten. Bevor uns jemand sieht, wären wir wieder weg und der Truck in Opas Garage abgestellt. Abschließend würden wir einen anonymen Tipp an eine lokale Zeitung abgeben und beim Bierchen abwarten was passiert. Die Aktion würde mindestens Bruce und seiner Frau den Urlaub versauen, aber hoffentlich auch eine Debatte über den tatsächlichen Giftmüll von Bruces und anderen Firmen anheizen, welchen diese in ärmeren Ländern mit laxeren Umweltauflagen entsorgten, und somit zig Menschen krank machten.

Nach der Besprechung und in den nächsten Tagen war ich ziemlich aufgedreht. Einerseits war ich voller Tatendrang und Vorfreude. Doch ich hatte auch mächtig Schiss und wäre der Erfolg der Aktion nicht von mir abhängig gewesen, hätte ich vielleicht einen Rückzieher gemacht. Am liebsten hätte ich es gleich hinter mich gebracht, aber bis Sonntag waren es noch 4 Tage, und ich ärgerte mich, dass Bob mich so früh eingeweiht hatte. Aber um einigermaßen planen zu können, musste das natürlich sein, und als die Tage verstrichen, wurde ich allmählich ruhiger. Was kommt, das kommt, dachte ich.

Die Nacht, bevor es losgehen sollte, schaffte ich es kaum einzuschlafen. Andauernd fielen mir Szenen ein, in denen etwas schiefging: die Bullen stehen vor der Tür, weil Fred beim Nummernschildklau erwischt wurde und sie sein Handy gecheckt hatten; wir werden beim Abladen von Nachbarn überrascht; eine Streife hält uns an und die Papiere passen nicht zum Nummernschild.

Morgens war ich zugleich erschöpft und aufgedreht. Ich las die Nachricht, dass Fred die Nummernschilder in der Nacht erfolgreich organisiert hatte, und war froh, dass es endlich losging. Die erste Hürde war genommen. Jetzt gab es kein Zurück mehr. Ich fuhr mit dem Fahrrad zu Bobs Opa. Er wohnte etwas außerhalb, mit dem Fahrrad brauchte ich über ne halbe Stunde. Die körperliche Betätigung tat meinen

Nerven gut; ich fühlte, wie ich die Kontrolle über mich zurückgewann. Bei Bob gab es geschmierte Brote – ich schnappte mir eins mit Currykrem und guckte verschmitzt in die Runde. George war kurz vor mir angekommen und stand jetzt neben Fred und Bob, die auf weißen Plastikstühlen in der Sonne saßen. Sie waren gut drauf; etwas aufgekratzt. Als ich ankam, erzählte Fred gerade George, wie es mit dem "Borgen" der Nummernschilder gelaufen war, fing dann für mich aber nochmal neu an.

Es war erst kurz nach 1 – um 3 würde François den Schrotti auskundschaften. Sonntags arbeitete dort natürlich niemand, aber ab und zu kamen Spaziergänger vorbei oder Jugendliche trafen sich in der Nähe zum Saufen. Ich fuhr schonmal ein bisschen mit dem Geländewagen, da ich selten Auto fuhr, und Bob erklärte mir die kleinen Eigenwilligkeiten des Wagens. Um kurz vor 4 schrieb François, dass die Luft rein war. Das hieß, es war schon über ne halbe Stunde niemand mehr vorbeigekommen. An dem Weg, an dem es am wahrscheinlichsten war, dass doch noch jemand kam, stand er zur Sicherheit

Schmiere. Wir zogen uns Warnwesten an, da George meinte, falls uns jemand sah, würden wir so weniger verdächtig aussehen, und es ging los. Wir fuhren durch den warmen Sommertag, ich gewöhnte mich schnell an den Wagen und das Fahren machte mir Spaß. Zusammen unterwegs mit so tollen und mutigen Menschen spürte ich Euphorie in mir aufsteigen, ja ich fühlte mich richtig ermächtigt, als könnten wir zusammen alles schaffen. Wir fuhren an François vorbei, der uns angrinste, und in den Schotterweg rein, um von hinten auf den Schrottplatz zu gelangen. Wir sprangen aus dem Wagen. Alles lief wie geplant, es war niemand zu sehen und die Fässer waren auch noch da. Wir hievten sie auf die Sackkarre, schoben sie über die ausklappbare Rampe auf die Ladefläche, zogen eine Plane rüber und schon ging es wieder zurück.

Ausgelassen grüßend nahmen wir François in Empfang und auf dem Hof wartete bereits Rose auf uns. Sie erzählte, sie hätte noch ein Dickmittel besorgt, damit der Inhalt der Tonnen auch schön nach schleimigem, grünem Bilderbuch-Giftmüll aussah.

Während wir „Ton Steine Scherben" hörten, rührten wir die Bowle an und waren sehr zufrieden mit dem Ergebnis: ein gelbgrüner Rotz.

Bobs Opa saß die ganze Zeit vorm Fernseher und bekam nichts von uns mit. Bobby meinte, er würde wohl nichts dagegen haben, was wir mit seinem Wagen und auf seinem Hof machten, er wollte ihn nur nicht mit in die Sache reinziehen. Daher hatte er ihm schlicht erzählt, wir wären zu Besuch gekommen, um diesen schönen Sonntag mit ihm zu genießen. Abends aßen wir dann mit Opa Bob zusammen Pizza und er erzählte von früher – wie er und seine Frau Bobs Mutter hier großgezogen hatten, wie sie den Hof verkaufen mussten und wie er ihn fast ein Jahrzehnt später zu einem Spottpreis zurückkaufen konnte.

Bob hatte ein Zimmer bei seinem Opa und da es morgen für uns früh losgehen sollte, übernachteten Fred und ich bei ihm. Erschöpft von der Aufregung, die der Tag gebracht hatte und davon, dass ich ständig in Gesellschaft war, schlief ich schnell ein und wachte erst auf, als Bob morgens zur Toilette ging.

Ich war sofort hellwach. Das heutige Vorhaben trat unmittelbar in mein Bewusstsein und verließ es auch nicht wieder, wodurch ich nervös und ungeduldig wurde. Ich streckte mich und grübelte vor mich hin, bis kurze Zeit später der Wecker klingelte.

Holprig stand ich auf, wusch mein Gesicht und zwang mir appetitlos ein Stück übriggebliebene Brokkolipizza rein. Die Aufregung und das Bewusstsein des frühen Aufstehens dominierten meine Stimmung. Fred schien höchstens halb so angespannt wie ich zu sein. Er schlich aus dem Bett, gähnte hin und wieder ausgiebig und spielte irgendwas auf dem Handy – was mich noch nervöser machte. Erst als Bob uns Tee brachte, konnte ich mich etwas entspannen.

Um halb 6 fuhren Fred und ich los. Zwischen den Häusern erwischten uns immer wieder die Strahlen der Morgensonne – besser als Polizeischeinwerfer, dachte ich. Auf den Straßen fuhren die ersten bemitleidenswerten Pendler zur Arbeit. Nach einer halben Stunde erreichten wir das Viertel der Villa. Wir parkten erstmal 2 Straßen weiter und warteten. Ich war froh, dass ich nicht allein war – die Wartezeit war zu zweit schon zermürbend genug.

Dann kam die Nachricht: „Alles gut". Fred hatte gestern Rose über Signal gefragt „Wie geht's?" und die Antwort bedeutete jetzt, dass sie Bruces technisch recht anspruchslose Alarmanlage außer Gefecht gesetzt hatte. Man könnte wohl einwenden, dass wir etwas übervorsichtig mit unseren Codes und selbstlöschenden Nachrichten waren, aber diese hatten den schönen Nebeneffekt, dass es das Ganze spielerischer und vergnüglicher machte.

Das Tor des Anwesens war nur angelehnt. Rose musste es schon gepickt haben. Wir setzten unsere Masken auf – Fred hatte eine V wie Vendetta-Maske, ich eine einfache Strumpfmaske plus die Kopfkamera auf. Ich fuhr rückwärts, bis kurz vor die Erhöhung der Veranda und wir bugsierten die schweren Fässer zu zweit mit der Sackkarre vom Auto herunter, stellten sie direkt vor die Haustür und kippten sie vorsichtig aus, um keinen unnötigen Lärm zu verursachen. Der dicke Saft verteilte sich über die protzigen Marmorplatten in Richtung

Türspalt und ich hoffte, er würde bis in die Wohnung dringen – Fred hoffte das bestimmt auch, sagte es aber nicht, weil wir abgemacht hatten zu schweigen. Wir dachten, die Polizei könnte das Video sonst später auf uns zurückverfolgen (was Quatsch war, weil wir das Video eh später bearbeiteten).

Ich fuhr aus der Einfahrt raus, Fred schloss das Tor hinter uns und wir brausten davon. Die Aktion hatte keine 10 Minuten gedauert. Wir sammelten Rose ein paar Straßen weiter an einer Bushaltestelle ein und fuhren zurück zum Hof. An unseren grinsenden Gesichtern erkannten unsere Mittäter, die uns schon erwartet hatten, dass alles glattgegangen war, und sie umzingelten uns jubelnd. Wir wurden umarmt und freundschaftlich geknufft, wobei Rose, als einzige Frau, ausgelassen wurde, und daraufhin ihrerseits anfing, Bob in die Seite zu puffen. Mir kam der Gedanke, dass ich diesen gemeinschaftlichen Moment der Anerkennung und Ausgelassenheit gerne mit Mia geteilt hätte, doch ich schob ihn schnell beiseite. Das hier sollte ja als Ablenkung dienen.

Es gab noch einiges zu tun. Nach einem zweiten Frühstück machten sich François und Bob daran, das Videomaterial auszuwerten und zu bearbeiten. 10 Minuten schienen ihnen noch zu lang, so wurde vieles nur im Zeitraffer gezeigt. Dann kamen Untertitel dazu, die erklärten, was die Elektrofirma durch ihren Müll für Schäden anrichtete und unsere Forderungen – Wiedergutmachungsleistungen der Firma, ernstzunehmende Umweltpolitik und so weiter. Außerdem betonten wir, dass es sich nicht um echten Giftmüll handelte, den wir verteilt hatten. Am Nachmittag war es fertig und wir guckten es uns gemeinsam popcornschmatzend an.

Ein anonymer Tipp ging raus an die Stadtzeitung und nachdem wir das Video über nen VPN-Server hochgeladen hatten, schickten wir den Link an diverse Umweltprotestbewegungen, von denen die meisten es auf Twitter teilten. Am nächsten Tag waren tatsächlich auch erstklassige Fotos vom Ort des Geschehens in der Zeitung zu sehen. Außerdem hatten Reporter Bruce kontaktiert, welcher jedoch die Aussage verweigerte – war vielleicht besser so.

Auf Twitter entwickelte sich dann ein kleiner Diskurs darüber, was politischer Aktivismus darf. Auf der Internetseite der Zeitung forderten konservative Stimmen mehr "Sicherheit" und Polizei, doch das taten sie schließlich immer.

Ich war mir, als ich das erste Mal von dem Plan gehört hatte, nicht sicher, ob er förderlich für die Umweltpolitik sein würde. Doch würde man immer nur dann etwas Unbequemes machen, wenn man sich ganz sicher war, würde man nie was Unbequemes machen, und das war falsch, da war ich mir sicher. Das habe ich, glaube ich, schonmal geschrieben und ist ja auch ne Binsenweisheit. Aber manchmal ist es trotzdem schwer, sie ernst zu nehmen und danach zu handeln.

Ich denke, hätten wir echten Giftmüll verwendet, hätte die Aktion zu stark polarisiert und insgesamt der Umweltbewegung mehr geschadet als genützt. Aber so hat sie die Bewegung gestärkt und eine breitere Öffentlichkeit für die menschen- und umweltfeindlichen Geschäftspraktiken der Branche geschaffen. Diese ist zwar inzwischen größtenteils wieder verschwunden, doch vielleicht konnten wir auch andere Aktivisten inspirieren und den gesellschaftlichen Wandel ein winziges Stück beschleunigen, welcher so weit hinter dem technologischen zurückgeblieben ist.

18

„Was ist eigentlich los mit dir? Du wirkst in letzter Zeit so abwesend … und irgendwie leicht reizbar", fragte mich Mia. Wir saßen in der Küche und aßen zusammen Abendbrot. Ich hasste es, wichtige Sachen beim Essen zu besprechen, daher antwortete ich nicht sofort, sondern aß still mein Brot weiter. Außerdem wollte ich bei *diesem* Gespräch auf keinen Fall gestört werden. Ich schluckte.

„Lass uns da doch bitte gleich drüber reden, ja?" Sie nickte. Doch jetzt stand das Gespräch im Raum und es wurde unbehaglich. Schließlich verging uns der Appetit. Wir aßen noch auf, was wir schon geschmiert hatten, und räumten dann wortlos das Nötigste weg. Wie ekelhaft, dachte ich, dass wir selbst in so wichtigen Momenten so pragmatisch daran denken, die Sachen in den Kühlschrank zu räumen. Wir gingen automatisch in mein Zimmer. Ein schlechtes Vorzeichen. Mias Zimmer war das mit unserem gemeinsamen Bett. Meins hingegen…

Sie setzte sich auf den Schreibtischstuhl, ich mich ihr gegenüber aufs Sofa. Ich hätte lieber gestanden, doch das schien mir unpassend – ja sogar unmöglich. Für ein paar Sekunden guckten wir uns schweigend an.

„Ich hab letztens mitbekommen, wie Jan jemandem erzählt hat, dass er was mit dir hatte", platzte ich plötzlich heraus. Ich war erleichtert, es endlich ausgesprochen zu haben, aber gleichzeitig krampfte sich etwas in mir erwartungsvoll zusammen. Ihr irritiertes Gesicht wurde zusehends leidvoller. Sie wandte den Blick ab.

„Das stimmt," sagte sie leise, „aber nur kurz und es hatte nichts zu bedeuten", fügte sie hinzu und ich glaubte, Trauer in ihrem Tonfall zu hören – Trauer darüber, dass es nicht *mehr* war. „Das hat er auch gesagt", erwiderte ich in boshafter Erwartung, ob sie das verletzen würde. Stattdessen schaute sie mir fest ins Gesicht.

„Guck, ich will mit *dir* zusammen sein. Mit Jan, das war etwas ganz anderes, eher eine Sucht – etwas Krankhaftes…"

147

„Bitte vertrau mir!", fügte sie etwas leiser, aber dringlich hinzu, als sie mein zweifelndes, zeitweise zu einem unpassenden Grinsen verzogenes Gesicht sah.

Ich brauchte einen Augenblick, um ihre Worte im Kontext zu verstehen, dann war ich fassungslos.

„Ich vertraue dir! Aber du verschweigst mir ja alles! Erst Oskars Selbstmord und jetzt das mit Jan! Vielleicht vertraust du mir einfach mal?!"

„Du hast natürlich recht und du hast auch Recht, dich aufzuregen. Tut mir leid, ich... ich weiß nicht – ich hatte Angst. Es ist alles so kompliziert." Sie vergrub ihr Gesicht in den Händen. Ein neues unangenehmes Gefühl machte sich in mir breit. Was war da kompliziert? Für mich war alles klar: Wir liebten uns und hatten Streit.

„Was ist kompliziert?" Sie antwortete nicht sofort. Nach einer Minute hob sie den Kopf und richtete sich auf.

„Alles. Meine Gefühle, herauszufinden, was ich will ... Ich möchte mit dir zusammen sein. Aber ... ich weiß nicht *wie*."

Das unangenehme Gefühl wurde bei diesen Worten ruckartig eine Stufe stärker. Eine Ahnung, die Wörter „Freunde bleiben" tauchten für eine quälende Sekunde in meinem Bewusstsein auf. Es verschlug mir die Sprache.

„Aber...wir...", brachte ich schließlich verdattert hervor. Sie sah mich an, gab sich scheinbar einen Ruck und sagte dann in entschlossenem Tonfall:

„Ich habe dich unfair behandelt. So möchte ich niemanden behandeln, den ich gern hab. Am wenigsten dich. Das war nicht absichtlich oder geplant...und ich muss eine Weile...", sie zögerte, „allein sein, um zu verstehen, was dahintersteckt. Und um rauszufinden, was ich wirklich will."

„Mia", flüsterte ich bittend, so als würde sie wie tot vor mir liegen. Es entstand wieder eine kurze Pause, dann erhob sie sich aus dem Schreibtischstuhl. Sie bewegte sich ein Stück auf mich zu, machte eine Bewegung mit der Hand, zögerte für einen winzigen Moment und verließ dann mein Zimmer mit schmerzverzerrtem Gesicht.

Ich saß noch einige Minuten wie erschlagen da. Plötzlich zuckte ich zusammen, drehte mich um und boxte wütend, mit ganzer Kraft in die Kissen, bevor ich auf dem Sofa zusammensackte. Mir fiel auf, dass ich gerne weinen würde, und es gelang mir ein bisschen. Das tat gut, es zögerte den Moment des fieberhaften Grübelns heraus. Doch schon nach ein paar Minuten stand ich auf, ich fühlte mich, als müsste ich irgendetwas unbedingt, ganz dringend erledigen, nur wusste ich nicht was, ich raufte mir die Haare, „Auf die Straße! Ach Quatsch. Oder? Doch!" Ich ließ mich aufs Bett fallen. Mein Kopf fuhr Karussell – ein Karussell, welches immer wieder abrupt angehalten wurde, nur damit mir jemand ins Gesicht schreien konnte: „Sie wird dich verlassen!" und „Sie will Jan!" und „Du bist nicht gut genug für sie!".

Schließlich sank ich in einen unruhigen Schlaf, aus dem ich immer wieder aufwachte, und angestrengt versuchte, entweder bloß nicht wieder in den letzten Traum zurückzufallen oder ihn unbedingt weiter zu träumen. Wovon ich träumte, weiß ich nicht mehr, jedenfalls war es wirres Zeugs.

Gegen Mittag am nächsten Tag sagte sie zu mir, dass sie für ein paar Tage zu einer Freundin ziehen würde.

Zum Abschied umarmten wir uns. Sie küsste mich auf die Wange.

Die Umarmung fühlte sich zu kurz an. Ich wollte etwas Flüchtiges fassen. Vielleicht das warme Gefühl, welches ich sonst fast immer fühlte, wenn wir uns berührten. Aber es gelang mir nicht. Stattdessen spürte ich in dem Moment eine schmerzende Sehnsucht, welche mich benommen machte.

„Bis dann", sagte sie.

„Ja", antwortete ich.

Und sie ging.

19

Ich traf ihn, nachdem wir uns ein paar Wochen nicht gesehen hatten, auf dem Weg zum Supermarkt. Kurz hatte ich den irren Gedanken, er hätte mich abgepasst. Grinsend kam er mir entgegen, als teilten wir ein schmutziges Geheimnis. Ich würde gerne sagen, dass ich keine Miene verzog, doch ich lächelte halbherzig zurück. Mich beschäftigte gerade anderes. Wir gingen nebeneinanderher. Er suchte noch jemanden für die nächste Aktion, schlug mir vor mitzumachen. Ich zögerte. Warum fiel es mir so schwer „Nein" zu sagen? Er ließ mir Zeit.

„Tut mir leid", sagte ich schließlich. „Ich bin raus. Zumindest für diesmal, hab zu viel zu tun."

Er fragte nicht weiter nach, obwohl er wusste, dass ich wohl nicht meine Arbeit gemeint haben konnte.

Später, als ich wieder in der Wohnung war, zweifelte ich an meiner Entscheidung. Vielleicht wäre es eine gute Ablenkung gewesen. Doch dieses Gefühl hielt nur kurz an. Ich spürte einen Unwillen, mich mit Leuten zu treffen, war matt und immer noch niedergeschlagen. Warum hatte ich das erste Mal überhaupt mitgemacht? Wollte ich insgeheim Mia beeindrucken? Oder meinen Lebenslauf schmücken? Dafür würde auch eine einmalige Beteiligung ausreichen.

Etwas nur zu tun, um den Lebenslauf zu verschönern, ist etwas Hässliches.

Waren es solche Motive? Ich starrte vor mich hin.

Nein, es war schon gut, bei der Aktion mitgemacht zu haben. Es war eine wertvolle Erfahrung, ein Experiment, welches mir helfen konnte, besser zu verstehen, was ich will. Genau, und nur weil es einmal die richtige Entscheidung war mitzumachen, muss das nicht immer so sein. Man will unbewusst gerne immer konsistent sein und wenn man nicht aufpasst, lässt man davon sein Leben bestimmen. So wie Leute, die ihr Leben lang den gleichen Job machen, nur weil er mit 20 vielleicht das Richtige für sie war. Ich biss ein großes Stück ab, von meinem Brot mit Paprikakrem, welches während meiner Reflektion verständnislos vor mir gewartet hatte. Immerhin, mein Appetit kehrte langsam zurück.

Nachdem ich mich für ein paar Tage hatte krank-
schreiben lassen, ging ich das erste Mal wieder zur
Arbeit. Den Arzt hatte mir ein Kumpel empfohlen,
welcher ihn vor allem während der Schulzeit auf-
suchte, wenn er ein Attest brauchte, um seine Faul-
heit auszuleben. Aber auch die Gutmütigkeit dieses
Arztes kannte Grenzen. So wollte er mir nicht länger
als drei Tage geben, um meine vorgeschobene Erkäl-
tung auszukurieren. Ich musste also meinen Unwillen überwinden, wenn ich nicht den Job verlieren
wollte, an dem ich hing.

Hermine sah aus, als wäre sie weiter abgemagert,
schaute aber glücklich auf, als sie mich sah, und
wollte wissen, was ich hätte und warum ich so lange
nicht dagewesen wäre.

Erst druckste ich mit finsterem Gesicht herum, doch
schließlich kamen mir brauchbare Worte, und ich of-
fenbarte ihr: „Der Mensch, der mein vollstes Vertrauen hatte, hat es gebrochen und mich betrogen."
Weniger theatralisch fügte ich hinzu: „Und außerdem hat sie mich allein gelassen." Nicht mehr mit

der Heftigkeit des Neuen, aber voll Bitterkeit sprach ich zum ersten Mal über mein Leid. „Und jetzt … ich weiß nicht recht."

Wir saßen nebeneinander im Garten des Heims. Während ich redete, hatte ich auf einen Fleck auf der Hauswand gestarrt. Jetzt blickte ich vorsichtig zu ihr herüber und sah das erste Mal Leid auf ihrem Gesicht. Aber kein alltägliches Mitleid, welches oftmals wie eine Maske wirkt. Nein, es schien, als wäre sie ernsthaft um meinetwillen traurig. Ich war etwas überrascht, sie streckte ihre Hand aus und ich gab ihr meine. Mir wurde plötzlich bewusst, dass ich seit Mia von niemandem mehr liebevoll berührt worden war, und hatte kurz das Verlangen mich weinend in ihre dünnen Arme zu werfen.

So saßen wir eine Weile da. Schließlich bat sie mich mit ihrer weichen und schwachen Stimme, sie anzuhören:

„Micha. Du musst ihr vergeben. Nicht unbedingt heute. Aber je früher desto besser. Ein Mensch, der nachträgt kann nicht wirklich lieben. Er wird hart. Er kann nur noch verlangen und vernichten. Besinne dich auf deinen Lebensmut. Erinnere dich. Was verbindet dich mit anderen? Was mit ihr? Und versuche sie zu verstehen."

Nach den ersten 3 Sätzen machte sie immer wieder Pausen zwischen den Sätzen. So lange hatte sie noch nie am Stück mit mir gesprochen und ich merkte, dass sie sehr schwach war. Während ihrer Rede drückte sie meine Hand und guckte mir ernst, voll Mitgefühl und Verständnis in die Augen. Ich war gerührt von ihrer Mühe und ihren Worten, aber es war in dem Moment vielleicht etwas zu viel für mich, und so wandte ich immer wieder den Blick ab. Ich wusste, dass sie recht hatte, und wusste es schon vorher, wenn auch nicht so klar, aber ich konnte Mia nicht verzeihen. Nicht jetzt.

„Danke", sagte ich und löste meine Hand aus ihrer.

Es war gut, dass sie einen Teil meiner Überlegungen ausformuliert und laut ausgesprochen hatte, denn dieser Teil war noch zu schwach, um mich zu erobern, um gegen all den Zweifel und Pessimismus zu gewinnen. Es streiten sich mehrere Gewächse in mir um Wasser und Licht und diese Saat war jetzt erstmal versorgt. Nun brauchte sie Zeit.

Ihre Worte bildeten zusammen mit ihren Taten ein harmonisches Ganzes. Die Wärme ihrer Hand unterstützte die Leidenschaft ihrer Worte. Sie ließ mich wieder ahnen, was Verbundenheit und was Zuneigung ist. Wäre ich zufriedener mit mir und offener gewesen für ihre Liebe, hätte ich diese bestimmt noch stärker gespürt. Doch dann hätte sie auch gar nicht so mit mir zu sprechen brauchen.

Ich saß noch kurz in Gedanken versunken neben ihr. Dann ging ich hinein, um mit dem Kochen anzufangen. Das war das letzte Mal, dass ich mich richtig mit ihr unterhalten habe.

Bob fragte uns, ob François sich ne Weile bei uns verstecken könnte. Sie hatten überall in der Stadt Bundeswehrwerbung verschönert. Mal mit nem Sensemann, welcher einer jungen Soldatin droht, während diese im Dreck liegend, ein Maschinengewehr bedient, mal die Augenpartie eines Soldaten mit schwarzen Strichen übermalt, sodass er aussah wie Edward Munchs Schreihals.

Das Blöde war nur, dass François Roses Warnpfiff überhört hatte und von einer Streife erkannt worden war. Da er schon öfters bei derlei situationistischen Aktionen erwischt worden war, drohte ihm jetzt eine Gefängnisstrafe von bis zu 2 Jahren! Dieses verrückte System. Daher hatte er es vermieden, nach Hause zu gehen, und er hörte dann auch kurze Zeit später von seiner Mitbewohnerin, dass die Bullen dagewesen waren und sein Zimmer durchsucht hatten.

Allerdings verjährt Sachverschönerung erst nach 5 Jahren. Ob er sich solange verstecken will, wusste er noch nicht, aber er brauchte auf jeden Fall erstmal eine neue Bleibe. Wir hatten nichts dagegen, dass er fürs Erste zu uns kam, er konnte in Mias Zimmer wohnen, zumindest solange die bei ihrer Freundin schlief.

Hm, wenn ich so darüber nachdenke, vielleicht wäre ein politisches Leben doch etwas für mich. Ich würde alles geben, um etwas zu bewirken, überall mitmachen und wenn nichts ansteht, mir selbst Aktionen ausdenken.

Aber das Risiko, irgendwann bei ner Demo oder Besetzung von nem Cop verletzt zu werden oder für längere Zeit wegen irgendeinem Pipifax in den Knast zu müssen, schreckt mich schon ab. Doch ich sollte mich nicht von meiner Angst leiten lassen. Trotzdem sollte ich sehr vorsichtig sein, wenn ich nicht wie François enden will. Schließlich verbringt man seine Zeit im Gefängnis politisch nicht sehr effektiv.

Aber nein, ich glaube, an dem Punkt war ich schon mal mit meinen Überlegungen. Ich fliehe gerne in einheitliche Fantasien. Ich als selbstloser, immer Liebender, ich als stets gewissenloser Egoist, ich als 100-prozentiger politischer Aktivist. Aber diese Fantasien, die so verlockend scheinen und mich drängen auf sie hin zu arbeiten, leugnen die Widersprüche in mir, ignorieren, dass ich verschiedene, unvereinbare Wünsche in mir trage. Es ist ein Träumen von der Auflösung der Widersprüche, aber ist das überhaupt möglich? Sollte ich mal langsam damit anfangen, mich auf eins der Ziele zu konzentrieren und schauen, ob es fähig ist, mein gespaltenes Selbst wieder zusammenzufügen? Oder ist das verschwendete Zeit und ich sollte lieber versuchen, meine Launen zu akzeptieren und mit ihnen zu leben?

20

Am Donnerstag, den 23. September, sollte die nächste Person aus meinem Leben scheiden. Ich weiß noch so viele unnütze Details. Vormittags machte ich mich auf zur Arbeit. Ich würde heute nicht kochen müssen, das Mittagessen, ein Kartoffel-Gemüseauflauf, war schon vorbereitet, den Rest schaffte der Koch alleine. Ich kam dann um 12, um den Bewohnern beim Essen zu helfen und ihnen Gesellschaft zu leisten. Hermine sah ich nirgendswo, ich dachte, vielleicht aß sie heute in ihrem Zimmer oder ein Arztbesuch stand gerade an. Nachdem das Geschirr gespült war, fragte ich Paula, eine meiner Kolleginnen, nach ihr. Die freundliche Altenpflegerin schaute mich ernst an und legte mir eine Hand auf den Arm.

„Michael. Frau Porski ist gestern verstorben."

Ich schluckte schwer.

„Mach keine Witze", hauchte ich, schwankte aber schon und Paula führte mich zu einem freien Stuhl mit grünem Polster. Sie hockte sich neben mich.

Zwei Bewohnerinnen schauten interessiert zu uns rüber.

„Wie…warum…", stammelte ich.

„Sie war ja schon länger schwach und gestern Abend hat sie plötzlich schlimme Atemnot bekommen, sodass wir einen Krankenwagen rufen mussten. Aber bis zur Intensiv hat sie es nicht mehr geschafft." Sie machte eine Pause. Dann fragte sie: „Vielleicht möchtest du in den Mitarbeiterraum? Du darfst natürlich auch nach Hause gehen. Ich klär das mit den anderen."

Ich ging in den Mitarbeiterraum und sie brachte mir vorsichtshalber eine Cola, damit ich nicht umkippte. Nachdem ich sie halb ausgetrunken hatte, kam ein anderer Kollege rein und fragte, was ich hätte. Ich schaute auf, brachte aber kein Wort heraus und ließ ihn stattdessen zusammen mit der Cola stehen. Ich weiß noch, wie ich dachte, Todesfälle seien bestimmt Alltag für die Kollegen und der Umgang mit den Angehörigen Routine, und ich verachtete sie dafür. Mittlerweile verstehe ich, dass das natürlich eine Schutzfunktion ist. Man kann nicht immer wieder trauern, wenn jemand stirbt, den man beruflich ge-pflegt hat. Auch wenn es jeder verdient hätte.

Als ich das Heim verlies, wurde ich wütend – auf die Mitarbeiter, auf alle, die taten, als wäre alles in Ord-nung, als wäre "alles gut". Ich wollte Streit mit den nächstbesten Passanten anfangen, doch gleichzeitig ging ich ihnen aus dem Weg, schaute zu Boden, wenn sie näherkamen, und wechselte einmal sogar die Straßenseite, um nicht einer Gruppe lachender Jugendlicher zu begegnen. Auf einmal wurden meine Beine schwer. Mit Pausen schaffte ich es ge-rade noch zur WG, fiel auf mein Bett mit dem Ge-sicht voran und weinte meine letzte Kraft aus.

Die Nachricht von Hermines Tod brachte meine schon von Mia geschwächte Ordnung endgültig zum Einsturz. Sie warf mich völlig aus der Bahn. Nach-dem ich zwei Tage in meinem Zimmer verbracht hatte, ohne eine Vorstellung davon, was ich jetzt ma-chen sollte, ohne eine Ahnung, was noch Sinn ma-chen könnte, entschied ich, dass ich Abstand brauchte. Ich war in diesen zwei Tagen allen konsequent aus dem Weg gegangen, jetzt suchte ich mir, ohne jemandem davon zu erzählen, kurzerhand eine neue Wohnung. Ich konnte nicht abwarten, ob Mia irgendwann zurückkehrt. Glücklicherweise fand ich online ziemlich schnell die Wohnung, in welcher ich zurzeit lebe. Die Vermieterin schien froh, jemanden gefunden zu haben, der alleine so weit außerhalb wohnen wollte.

Lange einsame Spaziergänge an Feldwegen vorbei und durch Wälder brachten mir langsam meine Kraft zurück, welche ich brauchte, um eine neue Ordnung aufzubauen, mit der ich mein Leben einigermaßen verstehen konnte. Ich kündigte mein altes WG-Zimmer und schrieb meinen Mitbewohnern eine Nachricht, in der ich erklärte, dass ich Zeit für mich brauchte. Schließlich fasste ich den Entschluss, meine Erinnerungen und Reflektionen, die meine neue Ordnung bilden sollten, aufzuschreiben. Es würde wohl einiges geben, was nicht einzuordnen war, und ich hoffte, ich würde es schaffen, das zu akzeptieren.

21

„Argument to moderation (...) is the fallacy that the truth is supposedly always a compromise between two opposite positions."
(Das Argument der Mäßigung (...) ist der Trugschluss, dass die Wahrheit angeblich immer ein Kompromiss zwischen zwei entgegengesetzten Positionen ist.)

Aus dem Wikipedia-Artikel *Argument to moderation*

Jetzt bin ich also wieder im Hier und Jetzt angelangt.
Hat das Schreiben was gebracht?
Ja. Das fühle ich. Das sinnlose Grübeln hat sich gelegt und ich habe einiges verarbeitet und verstanden. Schon das Darlegen, was passiert ist, hat Klarheit geschaffen. Doch strenggenommen ist es natürlich unmöglich zu sagen, was davon durch das Schreiben und Reflektieren und was einfach durch die Zeit

kam. Aber ich nehme es nicht so streng und verlasse mich auf mein Gefühl und meine Intuition.

Wie sieht es mit den großen Fragen aus? Den großen Lebensentscheidungen?

Naja, jedenfalls entferne ich mich etwas vom Weg der "goldenen" Mitte. Zwar schützt einen dieser, nicht so schnell aus einer Laune heraus gravierende Fehler zu machen, indem man sein vergangenes, akkumuliertes Ich, als Maß für sein Gegenwärtiges nimmt. Aber man hat einfach keine richtige Antwort darauf, wenn das Leben einen fordert wie noch nie. Ich denke hier an die Quasi-Trennung von Mia und an Hermines Tod. Gemäßigt oder maßvoll lässt sich darauf einfach nicht passend reagieren.

Wenn man in anderen, alltäglichen Situationen mit seinem Handeln nicht dem Willen des spontanen Ichs entspricht, sondern eher dem durchschnittlichen Willen des vergangenen Ichs, mag das nicht so schlimm sein. Doch in so einer Situation ist es wesentlich, dass man auf seine Bedürfnisse achtet und auch radikale, maßlose Entscheidungen treffen kann, um wieder klarzukommen – zum Beispiel ausziehen, ohne jemandem Bescheid zu sagen, und sich für ne Zeit zurückzuziehen. Ich bin immer noch erstaunt, wie ich damals intuitiv so eine gute Entscheidung treffen konnte.

Ich schreibe inzwischen wieder so, als würde das mal jemand lesen. Falls das wirklich jemand liest: Hör nicht auf mich! Denk darüber nach, was ich geschrieben habe, oder auch über anderes. Wenn ich eins gelernt habe, ist es, dass selber denken (und schreiben) viel mehr bringt als bloßes lesen und oberflächliches verstehen.

Jedenfalls, wenn man sich in dem Mindset der goldenen Mitte befindet, fällt es einem viel schwerer, sich zu verändern. Auch wenn man einsieht, dass man lange Zeit falsch gehandelt hat, auch wenn man schädliche Gewohnheiten erkannt hat. Oder nochmal das Beispiel mit dem Spenden. Ich habe eingesehen, dass es richtig wäre, viel mehr zu spenden, damit Leben gerettet werden können und Leid verringert werden kann. Nur weil ich zufällig in einer Industrienation geboren wurde und mir schon dadurch automatisch mehr Geld zur Verfügung steht, heißt das nicht, dass ich das auch verdient habe. Vor allem nicht, wenn es anderen helfen kann, viel grundlegendere Bedürfnisse zu befriedigen wie zum Beispiel Hunger. Aber trotzdem ändere ich mein Handeln kaum. Ich spende bloß 20€ monatlich, um Leid zu verringern, während ich genauso viel ausgebe für Bücher, die ich nicht lese oder mir auch ausleihen könnte, oder für Essen, welches mir schlecht wird, und ich wegschmeißen muss.

Mit einem Mindset, welches weniger an Maß geknüpft ist – weniger an Normalität und Gewöhnung –, könnte ich meine eingesehenen Fehler schneller korrigieren.

Generell glaube ich, dass es mich zurzeit glücklicher machen würde, gewissermaßen "mehr im Moment zu leben", wie die Plattitüde besagt, und mehr auf mich selbst zu hören. Klar, ohne die ständige Orientierung an seiner Vergangenheit und an anderen Menschen, kann man das Gefühl von Beständigkeit verlieren. Doch im Moment zu leben, ist nicht nur unsicherer, sondern auch intensiver und ich will

Intensität! Ich will Leidenschaft! Ich will wieder mehr erwarten vom Leben! Yes! I feel it!!!

Wie sieht es mit dem Weg der selbstlosen Liebe aus, den Dreyfus beschreibt? Muss ich mich entscheiden zwischen "mehr im Moment leben" – also mehr auf mein spontanes Ich hören – und selbstlos, aber erfüllt lieben? Nein, ich denke, die beiden Wege wären vereinbar. Jedenfalls ein Stück weit und auf dem Weg der Agape den eigenen Narzissmus zu schwächen, stärkt auch die Fähigkeit zum romantischen Lieben. Doch ich will auch gar nicht Aljosha (welcher in „Die Brüder Karamasow" für den Weg der Agape steht) sein oder Hermine oder Jan (auf welchen ich manchmal eifersüchtig war, weil ihm Lernen so einfach fällt, und wegen dem, was ich für Coolness hielt). Ich will niemand anders sein, denn das hieße, mich zu verlieren – meine Geschichte, meine Gefühle, meine Liebe, meine Art zu denken. Wäre ich jemand anders, hätte ich schließlich auch einen anderen Körper, ein anderes Gehirn. Und alles zu vergessen, was ich erfahren habe, was meine Identität war – das will ich auf keinen Fall! Auch wenn ich meine Identität weniger wichtig nehmen will, um flexibler im Moment sein zu können. Also Schluss mit der Sehnsucht, jemand anders sein zu wollen!

Ich kann nicht einfach versuchen, so zu sein wie andere oder wie die Ideen von anderen, auch wenn ich mich manchmal danach sehne. Ich darf nicht einfach nachahmen, ich muss einen Weg finden, der für *mich* passt – für mein individuelles Leben. Und darum muss ich *selber* nachdenken, selber herausfinden, wo ich langlaufen will. Klar darf ich mich dabei von anderen inspirieren lassen, aber die Entscheidungen muss ich letztendlich allein treffen. Und kein anderer kann sich in meinem Leben so gut auskennen wie ich. Daher sollte ich keiner Autorität erlauben, über mich zu entscheiden.

Es ist mir fast ein bisschen peinlich, wie lange ich für diese Erkenntnis gebraucht habe.

Mein Gefühl, meine Intuition – mein ganzes Ich hat sich über diese Monate, in denen ich schrieb, geändert. Ich will wieder in die Welt gehen. Neue Leute kennenlernen und alte neu entdecken. Klar, das liegt daran, dass ich jetzt so lange allein war, aber auch daran, dass ich jetzt besser weiß, wo ich stehe und was ich will.

Oder möchte ich einfach nicht, dass diese Zeit, die ich mir nahm, umsonst gewesen ist? Aber sie war doch schon um ihrer selbst willen nicht umsonst.

Nächster Zweifel: Vielleicht hat die Zeit beziehungsweise vielleicht haben bloß unbewusste Vorgänge mich verändert und ich denke mir das jetzt nur so aus, dass ich mich bewusst und selbstbestimmt verändert habe. Schließlich sind die psychischen Vorgänge, die ich verschriftlicht habe, nur ein kleiner Teil von allen und ein noch kleinerer Teil, wenn man die Unbewussten dazu nimmt. Doch ich glaube, dass ich meinem Unbewussten gute Rahmenbedingungen gegeben habe, um mir in die Hände zu arbeiten und mich selbstbewusster zu machen. Schwierig zu sagen und wohl auch müßig, ob jetzt mein Bewusstes oder mein Unbewusstes mehr zu meinem Wandel beigetragen hat – das sind ja auch keine voneinander unabhängigen Systeme.

Aber, ach was, ich hab das sichere Gefühl, dass ich durch das Schreiben und das Denken in den letzten Monaten selbstbewusster und auch selbstbestimmter geworden bin als vorher. Und wenn es eine Illusion sein sollte, warum sollte das etwas für mich ändern?

22

Ich dachte eigentlich, ich hätte das hier erstmal beendet, war schon stolz auf den tiefgründigen Abschluss – aber heute habe ich eine Nachricht von Mia
bekommen. Ich sah sie erst mittags auf meinem
Handy, da ich im Moment gesunderweise nicht so
oft draufschaue. Sie hatte sie bereits gestern Abend
abgeschickt.

„Hey Michi,
tut mir leid, dass ich mich so lange nicht gemeldet
habe. Aber ich weiß jetzt, was ich will. Können wir
uns treffen? Luise sagt, du bist schon vor Wochen
ausgezogen, ich hoffe dir geht es gut. Und ich hoffe
du kannst mir verzeihen, dass ich quasi einfach verschwunden bin. Aber diese Zeit war wichtig für
mich.
Ich würde dich wirklich gerne sehen!"

Schon bevor ich die Nachricht öffnete, war ich ziemlich aufgeregt. Als handelte es sich um eine

Schicksalsbotschaft, teilte sich meine Stimmung in Angst und freudige Erwartung. Nachdem ich die Nachricht gelesen hatte, dachte ich zuerst scherzhaft, dass es gutes Timing von ihr war, sich jetzt zu melden und dass sie mich vielleicht ausspioniert hat, da sie so ähnlich über ihre Reflexion schrieb wie ich. Dann fiel mir ein, dass ihr Abstandnehmen meinem Auszug vorausgegangen war, was mich wohl beeinflusst beziehungsweise inspiriert haben musste. Neben einer Flut an Spekulationen löste die Nachricht auch gute Laune bei mir aus. Ich fragte mich, ob sie wohl ernst meinte, was sie andeutete. Oder war sie gestern Abend bloß einsam und unsicher? Oder will sie mich vielleicht bloß treffen, um mit mir abzuschließen? Vielleicht weil sie ein schlechtes Gewissen hat, wie wir auseinander gegangen sind? Ich muss ihr bald antworten. Ein bisschen kann ich sie wohl warten lassen. Aber Quatsch, nur weil ich vielleicht das Recht dazu hätte, muss ich es nicht ausnutzen – scheiß Egospielchen! Naja, aber vielleicht sendet ihr das ein falsches Signal, wenn ich zu schnell antworte? Nein, ich will sie ja treffen und außerdem kam die Nachricht ja schon gestern Abend. Seit der Nachricht bin ich hibbelig und fühle ein kleines Feuer in mir, welches ich mich noch nicht traue, aktiv anzufachen, aber es wächst auch ohne meine bewusste Hilfe.

Ich werde zu ihr gehen! Und wenn sie mich immer noch will – jetzt, wo sie nicht mehr an mich gewöhnt ist –, dann...

Doch auch wenn sie mich will, habe ich von Kierkegaard – nein, eher aus meinen eigenen Erfahrungen – gelernt, dass ich sie verlieren kann und höchstwahrscheinlich auch werde. Einer von uns wird irgendwann aufhören zu lieben oder sterben.

Dank

Mein Dank geht an all die lieben Menschen, die mich motiviert und unterstützt haben, mein erstes Buch zu schreiben. Besonders möchte ich meiner Freundin für ihr Lektorat und meinem Vater für sein ausdauerndes Lektorat und Korrektorat danken.

Quellen

Wikipedia contributors. (2022, November 15). Argument to moderation. In Wikipedia, The Free Encyclopedia. Retrieved 15:43, November 23, 2022, from https://en.wikipedia.org/w/index.php?title=Argument_to_moderation&oldid=1121946691